해군장교의
유 쾌 한
세계일주기

추천사

이영주[前 해병대사령관(★★★), 前 생도대장(★)]

생도대장으로 근무하면서 훈련시키고 졸업시킨 62기생, 장상훈 생도
가 벌써 임관 10주년으로 소령이라는 직책을 가지고 찾아온 것이 새삼
놀랍습니다. 더욱이 졸업하면서 느꼈던 것을 기념일에 맞추어 'made in
영주'라는 인사와 함께 책을 가지고 찾아온 것이 참 즐거운 추억이었습니
다. 조국과 국민을 위해서 늘 노력하는 젊은 장교가 있어서 든든합니다.

저는 62기생들이 4학년일 때 생도대장으로 부임하게 되었습니다. 당시
에 해병대 장교가 해군사관학교의 총책임자가 되는 것은 파격적인 인사
였는데, 이는 공부를 잘하는 것보다도 군인정신이 투철한 것이 먼저라는
국민의 바람을 받아들인 결과였습니다.

이에 따라 이들의 4학년 생활과 졸업은 유독 쉽지 않았습니다. 통상
1~3학년 때 고생했던 것에 비해서 생도 4학년은 생도들의 대통령이라는
권위를 보장해 주는데, 이때는 오히려 전반적인 군사훈련의 강도가 높아
지고 군사정신 함양을 위해 수시로 교육을 받아 1학년과 같은 삶을 살게
되었습니다. 뿐만 아니라 순항훈련은 각 기항지마다 국가적, 군사적, 역
사적 측면에서 보고서를 쓰는 등 그동안과는 또 다른 4학년 생활이자 순
항훈련이 되었습니다.

그렇게 배운 것들을 바탕으로 우리나라의 안보와 해군력에 대해서 사방에 알리는 것이 기특하고도 든든했습니다. 특히, 이 책은 어떤 직업을 가질까 고민하는 청년들에게 직업은 월급뿐 아니라 삶의 철학을 가질 수 있는 좋은 수단이라는 것을 잘 일깨워주는 고마운 글이라고 생각됩니다. 아끼는 62기들에게 항상 무운과 건승이 함께하기를 기원합니다.

* * *

박진배(前 연세대학교 행정대외 및 국제캠퍼스 부총장)

2016년 말, 전기전자 공학 위탁교육을 희망한다는 전화를 받고 면접을 본 지 벌써 1년이 지났다. 과거 해군 장교들이 기반을 잘 닦아두어서 그 믿음으로 지도교수로서 역할을 받아들였다. 하지만 장상훈 소령은 대학교 때 공학전공이 아니었을 뿐만 아니라, 그가 전공하고자 하는 제어공학은 전기전자공학 중에서도 상당히 난이도 높은 학문으로서 그에게는 힘든 학위취득 과정이 될 것이라고 생각하였다.

그러나 '기술로 인류를 행복하게 한다.'라는 공학자의 마음을 군에 적용하여 '기술로 군의 미래를 개척한다.'라는 모토를 잡고 노력하더니, 단 1년 만에 단독으로, 수 편의 논문발표, 수 개의 특허출원, 수 번의 전문지 기고문 투고 등의 활약을 보여주었다. 그러면서 "장교 업무에 비하면 할 만합니다." 하던 겸손한 모습을 보니, 대한민국 장교의 능력에 대해 새삼 재신뢰할 수 있게 되었다.

향후에도 지금처럼 학문을 갈고 닦아서, 국방기술의 발전과 국방력의 강화를 위해서 늘 노력해주기를 바란다. 장상훈 소령처럼 조국을 위해 절차탁마해주는 군인이 있기에 항상 안심하고 지낼 수 있다는 점에 대한민국 국민으로서 감사하다.

앞으로도 기술을 통한 미래군의 진로를 개척하기 위해서 힘을 내주길 바라며 그러기 위해 또 승승장구하기를 바란다.

* * *

최성영(가장 최근 같이 술 마신 동기)

처음 이 친구가 글을 써 책으로 낸다고 했을 때 고전게임 공략집이나, 맥심 잡지 정도를 쓸 것이라 내심 기대했는데 술동무로서 아쉽기 그지 없다. 하지만 사관학교 출신이 아닌 해군 장교로서 순항훈련 가는 함정을 타기 위해 부단히 노력했던 나를 돌아봤을 때, 해군 그리고 순항훈련과 생도 생활에 대한 호기심을 가진 이들에게 이 책은 그 궁금증을 해소하는 동시에 대리만족을 느끼게 해줄 것이라 믿어 의심치 않는다. 장 작가로서의 첫걸음을 축하하고 앞으로도 승승장구해서 맛있는 술(와인 말고 소주) 사주길 기대한다. 장 작가 가즈아~~~!

해군 친구의 술자리 잡담,
학업 선배와 수다,
우리는 10주년

"세계 일주를 한 해군 친구와 술자리를 가지면, 어떤 대화를 할까?"

해군의 길을 고민하는 사람들에게 해군이 어떻게 사는지 보여주고 싶었다. 아울러 임관 10년 기념으로 동기들과의 추억을 기록하고 싶었다.

책을 써야겠다고 생각한 시기는 군에서 잠시 나와, 민간 대학원 교육을 받으면서다. 교육 중이다 보니 석·박사 신입생들과 식사하며 얘기할 기회가 잦았다. 학문적 성취라든지 자신의 목표를 뚜렷하게 가진 이들도 있었지만, 대부분은 무엇을 해야 하는지 결정하기 어려워서 일단 몸값을 높이기 위해 학위 취득의 과정을 '견디는' 경우가 많았다. 그러다 보니 배운다는 즐거움보다는 학위를 받기 위한 스트레스가 컸고, 향후 진로가 정해지지 않은 불안한 상태에서 압박감은 수배로 증가했다. 새로운 질풍노도의 감정을 알코올로 녹이면서 신촌의 밤은 늘 그렇듯 불야성을 이루었다.

어느 날 거나하게 취해 아스팔트를 핥다가 불현듯 결정했다.

"술자리 이야기들을 책으로 쓰자."

그래, 동생들아. 나도 비슷한 시기가 있었다. 공부를 못하면 혼나니 깐 마지못해 하는 정도여서 성적은 늘 중하위권에 머물렀다. 사실 대학교 등록금을 낼 형편도 간당간당해서 학업에 큰 미련이 없었는데, 고등학교 2학년 어느 날, 해군사관학교를 홍보하러 온 한 생도에 의해서 인생을 건 벼락치기를 하게 되었다. 그때부터 해군이 내 목표가 되었고, 결국 해군에 입대하였으며 그 보상으로 직업과 삶의 철학을 선물로 받았다.

해군의 삶이 특별한 것 중 하나는, 직장생활이 삶의 철학의 장소가 된다는 것이었다. 단순히 경제 활동을 위한 직장이 아니라, "강한 해군, 강한 국가 건설에 도움이 된다."는 '의미 있는 일'을 내 직업에서 실현할 수 있었다. 서해의 고속정에서 벌어지는 북한 경비정과의 목숨을 건 기싸움, 큰 전투함을 타고 소말리아에서 땀 흘리며 우리 선단을 호송했던 일, 잠수함을 타고 하와이까지 가서 미사일 발사 훈련을 했던 경험, 방위사업청에서 계속 지연되던 함정 사업을 선배들과 머리를 쥐어짜서 조기 계약해 냈던 일들이 어렵고 위험했지만 그만큼 또 즐거웠다.

나름의 자존심도 생겼다. "군인은 썩 괜찮은 인생이다."라는 것을 내 생활을 통해서 보여주는 것이다. 가끔 민간인 친구들을 만나서 이야기를 듣다 보면, 군인으로서의 삶과 명예를 폄하하는 경우를 자주 볼 수 있다. 될 수 있으면 면제되는 게 좋은 군대, 꽉 막히고 자기들만의 권위

의식으로 들어찬 멋없는 간부들에 대한 이야기가 늘 가득했다. 오죽하면 우리의 주적은 간부라는 이야기를 할까. 물론 병의 경우, 징병 되어 2년간 국가에 전력을 빌려주는 만큼 만족도가 높기는 어렵겠지. 그러나 계급을 떠나 그 2년간 진짜 전우를 남기는, 말 그대로 한배를 탄 친구들을 사귈 수 있는 것은 해군이 최고다. 나 역시 거의 십 년이 다 되어 가는 지금도 같이 배를 탔던 병들과 연락하고 술자리를 가신다. 군인의 멋진 인생을 보여주기 위해서 그들과 어울릴 때는, 못생긴 것은 어쩔 수 없지만, 옷도 깨끗하게 잘 입고 차도 깔끔하게 타며 해군으로서의 멋을 지키기 위해 노력한다. 물론, 해군에서는 이러한 품위를 지키는데 부족하지 않게 지원해 준다.

그러나 내가 느끼는 조직의 만족도에 비해서 사회에서 생각하는 해군의 이미지가 좋지만은 않았다. 생각해 보니 진지하고 위엄있는 모습만 보여 주려 한 부작용이 아닐까 싶었다. 해군도, 간부도 당신들과 같이 비슷한 고민과 생각을 하면서 산다는 이야기가 가슴에 스며들어야 하지 않을까. 해군으로 진로를 고민하는 사람들에게 내가 느낀 해군 그대로의 모습을 보여 줘야 하지 않을까. 물론 군사적인 내용, 해군에 관한 홍보 등은 이미 잘 다루어지고 있었다.

그래서 나는 전문성은 떨어지지만, 최다국을 방문하는 순항 훈련에 대해 이야기하려 한다. 바다와 여행에 관심이 있는 사람들이 해군에 근무하는 친구를 두고 있다면 어떤 '썰'을 함께 풀까 하는 마음으로 편안하게 글을 썼다.

이 책에서 기록하는 순항 훈련은, 2007년도 해군사관학교 62기 생도들의 졸업 훈련으로서 9개국의 기항지를 약 6개월간 방문한 이야기이다. 그때는 철이 없어 못 전했지만, 당시 훈련을 지원해 주었던 참모총장님, 순항 함대 사령관님, 훈육관님, 충무공 이순신함과 화천함의 모든 승조원분들께 감사드린다.

또 해군 사관학교 62기를 시작했던 160명과, 함께 졸업한 138명의 동기들에게 모자를 벗어 최고의 경의를 표한다.

아울러 함께 졸업하지는 않았지만, 해군 생활을 같이 해 나가는 ROTC 53기, OCS 104 및 105기 동기생 여러분의 임관 10주년 역시 진심으로 축하한다.

사관학교 62기 중 가장 촌스럽고 글재주 없는 한 해군 친구가 세계를 돌아보고 난 후, 술자리에서 두서없이 이야기를 풀어낸다고 생각하며 이 글을 봐 주셨으면 좋겠다.

2018년 봄

장상훈

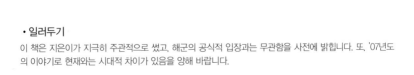

CONTENTS

중국

상하이

해군의 길, 순항 훈련은
포도를 와인으로 숙성시키는 것과 같다

순항 훈련은 해군사관학교 생도 생활의 졸업 과정 중 하나이다. 아울러 해군으로서도 백수십 명의 생도들이 전투함에 올라 세계 각국의 기항지를 방문하는 세계적인 큰 행사이다.

방문하는 각국의 사람들에게는 최신예 전투함을 공개함으로써 우리나라의 해군력과 국방력을 홍보하고, 우리나라 교민들에게는 태권도 시범단이나 군악 행사 등을 소개함으로써 애국심을 고무시키는 한편, 타지에서의 향수를 조금이나마 달래주기도 한다.

내부적인 상황은 더욱 바쁘고 복잡하다. 전투함을 원래 타고 있던 승조원들은 순항 훈련을 지원하느라 정신없고, 생도들은 훈련, 장비, 예절을 익히느라 바쁘다.

특히 사관 식사를 하면서 장교 준비의 첫 컬쳐쇼크를 맞이한다. 사관 식사는 표면적으로는 그냥 장교들끼리 식사하는 것이다. 그런데 그게 특별한 것이 되는데 그 이유는, 식사하면서 지휘관의 지시, 그 날 있을 훈련, 중간보고 등 회의가 함께 이루어지기 때문이다. 따라서 계급이 낮을 때는 준비해야 할 것이 많아서 부담스러울 수 있는 일일 행사다. 또 업무와 관계없이 여흥을 위해서 또는 신상 파악 등의 목적으로 '막내 한마디 해 봐'라는 분위기가 이루어지는 경우도 잦은데, 순항 훈련 중 생도들 같은 경우에는 무조건 막내이므로 사관 식사에 참석했다는 것은 곧 '한마디 해 봐'에 당첨된다는 것과 같은 의미이다.

마침 프랑스를 지날 때쯤 사관 식사에서 와인이 제공되었는데, 술도 모르던 사관생도에게 해군과 와인을 엮어서 한마디 해 보라는 지시가 하명되었다. 와인이 처음이라 취기가 있는 데다가 갑자기 이런 지시를 하는 것은 창피를 주기 위한 거 아닌가 하는 부담이 있었지만, 권위 앞에 자존심을 잘 굽히는 유연한 성격은 내면의 목소리를 내면에 잘 저장해 둘 줄 알았다.

"네! 해군과 와인은 세 가지의 공통점이 있습니다. 첫째, 와인은 아무 포도나 쓰지 않습니다. 포도 중에도 잘 여문 알을 찾습니다. 해군도 이와 같이 엄격히 선별합니다. 둘째, 좋은 와인이 되기 위해서 이 포도들은 발로 밟습니다. 기계를 쓰면 씨가 부서져 맛이 변하기 때문에 발로 부드럽게 밟아서 즙을 짜냅니다. 기본 훈련과 신입 때 새벽부터 새벽까지 이어지는 고된 훈련이 바로 이 단계입니다. 셋째, 나무통에 숙성시킵니다. 마치 고참이 되고, 순항 훈련 등을 통해서 완성된 해군을 만드는 과정이 이와 흡사합니다. 이런 행사를 모두 통과한 후, 정복이라는 예쁜 와인 병에 넣어서 만들어지는 것입니다."

술이 들어가자 치사량의 애사심에 취한 멘트가 술술 나와 잔잔한 파동을 일으켰고, 이후 '한마디 해 봐'의 활성화에 기여한 공을 인정받아 동기들에게 포도알과 같이 밟히는 과정을 거쳐 지금은 식초처럼 발효되었다. 그때 명치랑 쇄골을 공격한 두 명은 지금이라도 자수해라.

세계 1위를 다투는
첫 번째 초 강대 기항국

빠앙! 빠앙! 응? 잘못 들었나? 출항한 지 벌써 사흘. 하지만 충무공 이순신함과 화천함에서 울리는 기적 소리와 군악대의 씩씩한 오케스트라가 아직도 생생하다. 앗, 감상적으로 빠지기 전에 전술기동 문제부터 빨리 풀어야 한다. 정신이 없군. 난생처음 해 보는 세계 일주와 낭만적인 항해에 들뜬 생도들도 있을 법한데, 그런 여유를 가진 사람은 없다. 왜냐? 생도로서 군함 내에서의 일정은 빡빡하고 단순하다. 항해 및 기관 당직을 서면서 전반적인 시스템을 이해하고, 일과 시간에는 군사학 강의를 듣는다. 함미 갑판이라는 제한된 공간에서 체력 단련도 해야 한다.

원래 배를 타고 있는 승조원들이야 말도 못하게 바쁘다. 항해 계획과 군수 일정을 수립하는 것은 물론이고 기항지마다 출입항 협조와 행사, 심지어 함 내 수백 개의 장비를 유지·보수하는 데다가 생도들이라는 짐까지 맡은 경우니깐. 우리가 승조원들의 피로물질이 될 수 있다는 것은 금방 자각할 수 있었고, 간부와 병의 계급을 떠나서 마찰이 없도록 조심해야 했다. 쭈글.

오전 전술 항해 강의가 끝나고 두어 시간쯤 후, 함 내 스피커에서 기항지 도착 예정을 알리는 방송이 울렸다.

"현 측 요원 배치, 입항 1시간 전."

오! 벌써 중국인가! 군함으로 입장하면서 국가 간 매너를 지키기 위한 행사의 일환으로 함의 양측에 생도들이 정복을 입고 쭉 늘어서는데, 이를 현 측 요원이라고 한다. 나는 이 현 측 요원으로 있으면서 자연스럽게 밖의 풍경에 집중할 수 있다.

양쯔강 하구로 진입한 지 한참이 되어서야 멀리 중국 육지의 풍경과 황하가 아닌가 싶을 정도로 누런 강이 보였다.

물이 참 탁하군. 중국에는 안 씻는 것이 일종의 문화라고 하더니, 모든 문화에는 환경적인 이유가 있다는 말이 새삼 실감난다. 음, 차茶 문화도 그렇다 했지.

그래, 나도 저 물로 생활하라면 덜 씻고, 덜 끓여 마실 거다.

입항하면서 크게 눈에 띄는 것은 없다. 하나 발견했다면 스모그가 많고, 강남과 강북이 나뉘어서 발전하고 있는 양상이 뚜렷한 정도?

"바로 저 앞이 상하이지?"

"그렇지, 내가 여기를 다 와보네, 내 상하의는 어떠니?"

"닥쳐요, 좀."

상하이, 양쯔강이 바다로 들어가는 입구에 위치하여 있고, 특히나 중

국 국제화의 창구로 수출입의 출입구로 유명하지. 그러다 보니 미국과 일본 등 십수 개의 총영사관이 있고 공업, 무역, 관광업이 발달한 것이 두드러진다.

현 측 요원으로서 거의 한 시간이 넘게 빳빳이 다려진 정복을 입고 차렷 대기를 하고 있으니 다리가 꽤나 뻐근하다.

정복, 보기는 멋있지만, 그 품위를 유지하는 것은 쉽지 않다. 칼같이 잘 다려진 상태를 유지해야 하므로 몸을 함부로 움직일 수 없는 것은 기본이고, 특히나 모자의 챙은 이마를 누르다 못해 파고든다. 내 머리가 커서 그렇다고? 틀렸어, 난 얼굴은 커도 머리는 작아. 여하튼, 이 정모를 오래 쓰고 있으면 윗머리는 눌리고 옆머리가 정모의 빈틈으로 펼쳐진다. 따라서 영덕게의 형상처럼 되는데, 모자를 벗을 때 이 헤어스타일을 재빨리 흐트러뜨려야 하는 것도 품위를 유지하는 팁이다. 도로에 정리하시는 경찰분들 보면 정모를 벗자마자 머리 손질을 하지 않는가. 다 안다. 수고가 많아요.

한 시간 반쯤 지났나. 드디어 입항하면서 배를 육지에 댄다. 배는 바다로 나갔을 때 출항, 육지에 들어왔을 때를 입항이라 한다. 요게 미묘한 것이 그러면 닻을 내린 상태는 무엇이냐는 질문을 하시는 분들이 있다. 모 선배님의 설명에 따르면 입항으로 분류해야 한다. 왜냐하면 입항을 물리적으로 해석하면 함의 일부가 육지에 연결된 상태이기 때문이다. 그래서 배가 들어올 때 홋줄(배를 육지에 고정하기 위한 밧줄) 하나를 던져서 육지에 걸리자마자 입항이라는 방송이 나오는 것이란다. 즉, 닻을 내리면 해저에 닻이 연결된 상태이니 입항이라는 것이지. 출항 때도 마찬가지이고. 그러니까 지금 입항은 우리 배에서 던진 홋줄이 중국 상하이 항구에 닿아서 연결되었다는 것이다.

항구에는 이미 중국 해군과 군악대와 교민들로 인산인해를 이루었다.

"상황 끝, 현 측 요원 배치 해제."

함 내로 들어가서 기항지 방문 준비를 해 볼까. 움직임과 함께 '뚜두둑' 무릎에서 나는 소리와 짧은 탄식이 동시에 나온다.

어흐흑, 배를 오래 타는 사람들은 무릎에 신경을 많이 써야 한다. 배는 바닥이 쿠션이 전혀 없는 철판으로 되어 있는 데다 계단이 많고, 또 파도로 계속 흔들리기 때문에 무릎 관절이 계속해서 사용될 수밖에 없는 공간이다. 게다가 배에서는 몇 시간씩 서 있어야 하는 임무나 행사가 꽤나 많다.

부단히 몸을 움직여 홋줄을 고정시키고, 현문 사다리(선박의 현 측으로 사람이나 물자가 출입할 수 있는 장치)를 설치한다. 세계를 대상으로 한 첫 항해가 생각보다 고단해 한국에 돌아가고 싶은 생각이 가득하다. 수영해서 집까지 가는 데 얼마나 걸리려나. 여기서 수영을 하러 뛰어들면 과연 훈육관님이 먼저 달려올까 내 옆에 작업하던 하사가 먼저 달려올까 하는, 하려면 할 수 있지만 안 할 것이 분명한 비생산적인 생각을 진행하는 사이에 어느새 현문 사다리가 설치되고 평생 처음으로 중국이라는 대륙을 밟게 되었다.

"으아 날씨 좋다!"

"날씨보다 이 흙냄새 자체가 되게 오랜만이지 않아?"

"황사야."

"…그래, 대기 중 흙 밀도가 짙구나."

내리자마자 어질하다. 이게 육지 멀미라는 것인데, 배에서 계속 흔들리다가 고정된 육지에 내리면 오히려 일시적인 어지럼증을 느끼는 현상이다. 사람 몸이 이렇게 적응이 빨라요.

"좋아, 6조 나를 따르라. 가볍게 상하이를 탐색하는 거다!"

"먹고, 돌아다니고, 보고서 쓰자!"

"보고서는 말한 놈이 쓰자!"

어느새 내 주변에 있던 녀석들은 "와아" 하고 사라졌다. 쯧쯧, 이게 대한민국을 대표하는 해군이고 사관생도라, 쯧쯧…, 어쩔 수 없다니까. 신중하게 무겁게 행동해야지. 달리긴 잘 달리네. 벌써 시야에서 사라졌다. 속으로 혀를 끌끌 차며 뒤따라 달리기 시작했다. 같이 가. 우다다다.

"야 진짜로 중국에는 자장면이 없냐?"

우다다다.

"짬뽕은 있겠지?"

우다다다다다다.

일단 따라잡고 이야기를 해야겠다.

진해 앵곡동 촌놈들이 드디어 세계를 다 가 본다.

루쉰 공원과
대한민국 임시 정부

풍경! 해외로 왔다는 실감은 아무래도 시각적인 부분에서 가장 크게 느끼지 않을까? 투명한 공기에 아름다운 자연이 잘 조화되었다든가, 야경이 아름답다든가, 하늘에 별이 감동적이라든가…. 일단 상하이는 그런 느낌은 아니다. 공업의 중심지라 그런가, 시각적으로 청아하고 멋지지는 않았다.

저 멀리 우리나라 대전 엑스포 건물처럼 뾰족 솟은 것이 그 유명한 동방명주다. 1994년 건설되었으며 당시 세계 4위, 아시아 2위로 높은 건물이었다. 미디어 그룹인 동방명주의 방송수신 탑이자, 중국 무역의 창구인 이곳에 그들의 위용을 보여 주기 위해 건설된, 상하이의 상징이다.

도시 속 거리로 들어가면 차도 차지만 스쿠터와 자전거가 도로를 점령하고 있다. 아예 도로 마지막 한 칸은 바이크 전용 구역으로 관리하는 모양이군. 안타깝게도, 라이더들이 안전 장구를 잘 착용하지 않네. 나는 안전 장구에 민감한 편인데, 저주받은 반사 신경으로 겨울철에 바이크에 오르다 제자리 미끄러짐으로 옆으로 떨어진 적이 있다. 머리부터 떨어지면서 헬멧이 바닥에 부딪혔는데, '쩍' 하던 그 소리가 아직도 생각 난다. 아마 그때 헬멧을 안 썼으면 순항 훈련은커녕 지금도 병원에서 침 을 흘리고 있었을 것이다.

"중국 인민의 생활상을 보기 위해 가야 할 곳은?"

"공원."

"자식, 역시 국제관계 학도로군."

"응? 난 너희 과 아닌데?"

"사소한 이야기는 넘어가자구."

통상 사회주의 국가에서는 타 국민에게 보여 주기 위해서라도 복지 시설을 멋지게 마련하곤 한다. 그중 대표적인 것이 공원이다. 건설과 유 치가 쉽고 도심환경조성 및 홍보가 용이하여 아주 딱이지. 덕분에 국민 들은 자연스럽게 공원이라는 복지혜택을 누릴 수 있다. 사실 현대의 중 국은 사회주의 국가로 불리기에는 경제적으로 애매하지만, 그럼에도 그 바탕을 사회주의에 둔 가장 거대한 이 중국의 공원은 얼마나 화려할까.

버스를 타고 한 삼십 분 좀 지났을까. 분명히 공원일 것으로 추정되 는 곳이 나타났다. 공원 관리실로 보이는 곳에는 크게 공원 간판을 걸 어 두었다. 루쉰공원! 아, 내가 중국어 간판을 읽은 것이 아니다. 오늘 일정표에 적혀있던 것이다.

공원에 들어서니, 역시나 듣던 것과 같이, 웃옷을 과감히 벗어 던지 고 그들 개개인만의 수련에 정진하던 수많은 아저씨들이 보인다. 그런데 그들은 우리가 구경거리나 되듯이 우리를 총원 주목한다. 아니, 여러분

이 구경거리라니까요. 중년의 어르신들이 공원에 삼삼오오 모여서 속옷만 입고 운동하는 것이 신기해, 정복을 갖추어 입은 백 명의 사람들이 우르르 공원을 방문하는 것이 신기해? 둘 중 어느 것이 더 신기해? 음, 둘 다 흔하지는 않나?

　저 웃옷을 탈의하는 습관. 더운 날씨 탓이 아니요, 관습이다. 중국 정부에서도 웃옷을 벗는 저 문화가 타국에서 온 관광객에게는 혐오감을 줄 수 있기에 근절하기 위해서 많은 노력을 하는데도 쉽게 해결되지 않는 문제라 한다. 하긴, 제도로 습관을 제재하는 것은 많은 무리가 따르지.

　구경거리가 되어 억울한 기분이 들지만, 상의 속옷을 팬티 안으로 넣어 입으신 어르신에게는 대들지 않기로 했다. 기대하던 만큼이나 공원 자체는 매우 크고 아름답다.

　상하이 루쉰(魯迅) 공원, 이 공원에 들른 것은 사실 단순한 관광을

위해서가 아니고, 윤봉길 의사의 의거를 기리는 장소이기 때문이다. 1932년 4월 29일 이곳 루쉰 공원(당시는 홍커우 공원)에서 일본군이 일왕의 생일 기념 및 전승 경축식을 할 때 윤봉길 의사가 그 유명한 도시락 폭탄을 던져 수뇌부에게 인벌을 내리신 것이다. 이를 통해 우리의 공식적인 독립 의지를 알리고 일제의 탄압에 대응했다. 아마 이런 분들이 없었으면 '한국 국민들도 일본의 식민 지배를 통한 근대화를 고마워한다.'라는 등의 왜곡된 의견에 할 말이 없었을 것이다. 지금도 매년 4월 29일에는 이곳에서 윤봉길 의사 상하이 의거 기념식이 열린다. 4월은 날씨도 좋고 하늘도 좋은데 중국 여행을 가게 되면 그때 맞춰서 가는 것도 의미가 있겠어.

"헛! 헛!"

공원의 정취에 한창 빠져 있을 때 어디선가 힘이 가득 들어간 소리가 들렸다. 소리가 나는 쪽으로 고개를 돌려보니 할아버지, 손자, 손녀 그리고 삼촌 정도 되어 보이는 사람들이 두런두런 모여서 무언가의 동작들을 연습하고 있었다. 어찌 보면 춤 같기도 하고 격투기 같기도 하다.

저게 중국 무술이군. 양손을 모았다가 좌우로 갑자기 펼치고, 제자리에서 높게 뛰었다가 부드럽게 무릎을 굽히면 스르륵 착지한다. 느릿느릿 몸을 비틀었다가 회축을 돌리면서 발차기를 하는 저 모습은 영화 '소림축구'나 '쿵푸 팬더'와 상당히 유사하다.

반짝반짝, 고개를 세차게 돌리며 하늘에 땀 구슬이 뿌려진다. 빠르고, 또 화려하다. 중국어를 할 줄 아는 숙이 몇 마디 대화를 나누더니 정말로 소림사의 무술이라고 한다. 오오, 신기하다. 몇 마디 더 나누다 보니 이 아저씨가 갑자기 내 쪽으로 팔을 휘적휘적한다.

"너도 뭔가 보여 달래."

"나? 뭐?"

알고 보니 내게 태권도를 보여 달라는 것. 어디서 들은 것은 있으시군요. 제가 바로 대한민국 태권도 시범단입니다!

한데 정복 차림으로 그런 행동을 한다면 훈육관님을 소환하게 되고 당신과의 만남이 좋은 추억으로 남을 것 같지 않아요. 그러니 다음에 태권도 시범 공연할 때 보러 와요.

"야, 근데 저 아저씨가 태권도나 보여 달라던 것 맞아?"

"그… 글쎄?

아저씨가 돌연 크게 팔을 벌리고 다가온다.

"저 손동작 돈 달라는 거 아냐? 공연 봤으니깐?"

"삐… 삥 뜯는다!"

"그래 그런 춤을 왜 그렇게 뚫어져라 봤대?"

알고 보니 금품을 갈취하려는 의도는 아니고, 악수와 포옹을 과하게 시도하신 거였다. 하긴 자녀들까지 데리고 와서 그러는 사람이 어디 있겠어. 상하이 공원은 사람들이 참 자유롭게 이용하는데, 우리나라에서는 주변 사람들의 시선이 의식되어 못 할 만한 것들도 이분들은 당당하게 하고 있었다. 특히 무술을 하시거나 글귀를 쓰는 분들은 마치 한 명한 명이 예술가 같았다.

아주 느리게, 그러나 정성 들여 물에 적신 붓으로 바닥에 글을 쓰신다. 물에 적신 붓이니 즐길 만큼 글을 써도 누구에게 피해가 안 가는 참 고상한 취미 생활이다. 한석봉 선생님이 생각나는군.

"후욱, 더워."

날씨는 점점 더워지는구나. 상하이 날씨는 우리나라보다 더 덥고 습한 것 같다. 하긴 남쪽이지.

"야, 커피집이라도 가자."

"뭐든 얼음물 있는 걸로."

공원에서 나와 거리를 무작정 걸어 다니기 시작했다. 온통 중국어다. 유명한 관광지이자 국제 무역의 장소라고 하지만 외국인을 위한 영어 간판은 또 흔하지 않은 것은 무슨 이유인지.

　길가에는 스쿠터 천지다. 모터바이크보다는 스쿠터와 자전거를 선
호하는데, 스포츠가 아니라 순수하게 이동 편의를 위한 느낌이다. 좀
쉬자.

　"집합하래!"

　"응? 커피는?"

　"집합이라고."

　"하…, 내 얼음물…."

　쉴 틈 없이 대한민국 임시 정부 기념관으로 이동한다. 길을 돌고 돌
아오면 좁고 지저분한 골목길이 나타나는데 거기가 바로 대한민국 임시
정부 청사가 있었고, 지금도 유지되고 있는 곳이다.

내부로 들어서니 꽤나 깨끗하게 복원되어 있었다. 좀 특이한 점이라면 태극 무늬의 위아래가 지금과 반대로 되어 있다는 것이다. 그러니까, 빨강이 아래고 파랑이 위다. 초등학교 때 선생님이 양은 위로 음은 아래로 그려 둔 것이 태극이라고 했는데, 사실 그것은 서재필 선생님의 태극기이다. 오늘날 우리와는 달리 초기 태극기는 음양이 상하가 아니라 좌우로도 배치되어 있기도 하고, 건곤감리의 배치가 다르기도 했다. 상하질서보다는 조화의 의미가 핵심인가?

당시 임시 정부의 내부도도 있었다.

꼬륵.

때가 되었다. 감동에는 많은 칼로리가 소비되는 법이지. 그래, 밥을 먹자. 중국에 왔으니 현지식으로 즐겨야지.

마침 큰 음식점이 예약되어 있
었다. 기대했던 중국 정식들. 내가
들어갔을 땐 이미 한 상이 차려져
있다.

미식의 나라. 역시 아주 먹음직
스러운데.

우선 빨간 볶음요리를 밥에 슥슥 비벼 크게 한입 꿀꺽. 배고프니까.
음? 으….

"야, 이거 이상한 향 나지 않냐?"

주변에서도 낭패의 소리가 들렸다. 그러고 보니 이상한 향이 입안에
가득해. 기름기도 그득하고. 하지만 배가 고파 인내심을 가지고 먹다 보
니 그 나름의 맛이 또 있다.

다들 신기하게 쳐다봤지만, 나와 내 위장은 불굴의 의지를 아낌없이
뽐내었다. 세 접시를 해결했다는 뜻이지.

"야, 이 생선 요리 별미다."

"너 입맛에 뭐든 별미가 아닐까."

"그래? 냠냠"

야채 볶음 요리는 재료 맛보다 향이 너무 강해. 아마 물이 좋지 않아
서 향을 뿌리고 볶은 거겠지? 반면에 생선과 새우 요리는 멋지다. 특히
요 고슬고슬한 볶음밥은 한국에서도 못 먹어본 별미다. 중화요리 만화
를 보면 볶음밥이야말로 중식의 기본이라 하지 않는가. 기본 재료로 불
과 기름을 사용해서 최대한의 맛을 이끌어내는 것이라고 하던데, 맛있

다! 네 번째 접시도 금방 사라진다!

"야, 넌 그런 것도 잘 넘어간다."

"맛없어 너희들은? 처음 향만 익숙해지면 쭉쭉 들어가는데?"

말은 이렇게 했지만 국물 요리만큼은 나도 잘 못 먹겠어. 알 수 없는 향이 너무 강하고, 물과 기름이 안 섞인 것 같은 익숙하지 않은 식감이 너무 이상하다. 다른 녀석들도 그런가? 실험해봐야지.

"묵, 요거 한번 먹어 봐. 이건 먹을 만해, 곰탕 같아."

"곰탕?"

"응, 생긴 것 봐. 푹 삶은 소고기에 간장 소스 같은데?"

한참 고민하더니 한입 먹는다. 조심스러운 녀석.

"음… 꿀꺽."

호기심에 시작된 내 행동으로 국물과 함께 지금까지 먹었던 음식을 뱉어내는 동기를 구경할 수 있었고, 그의 하얀 정복은 산해진미로 물들었다. 중국 음식에 쓰이는 향은 이렇게 호불호가 강하다는 것을 배웠군. 음. 묵의 목 조르는 힘도 꽤 강하군. 켁켁.

상하이의 밤은
낮보다 아름답다

문화생활을 좀 해 볼까. 군사·문화에 관한 보고서를 쓰려면 좀 더 정보가 필요하다. 묵, 정복은 다 빨았니?

"묵! 상하이 박물관이 세계적으로 손꼽힐 정도로 크다네."

"어어… 들은 것 같아."

"가야지?"

"그럼."

묵은 덩치 크고 성격 좋은 내 든든한 친구다. 의리도 있고 교양 생활도 즐길 줄 아는(그림 감상 취미가 있고, 클래식 음악을 음미할 줄 안다는 이야기다.) 나름대로 고상함이 있는 녀석인데 문제는 그것이 한 마리 산짐승과도 같은 그의 겉모습 속에 강력하게 봉인되어 눈에 보이지 않는다는 점이다. 자기 몸만큼이나 거대한 무장을 등에 짊어지고 산을 뛰는 그의 모습은 듬직한 버팔로, 그것이었다. 그런 그가 말한다.

"아, 역시 사람은 박물관 같은 걸 보고 살아야 해."

"응? 허허…"

허허, 왜 이렇게 네 입에서 나온 대사로 들리지 않는 것인지, 나도 아직 너의 겉모습이 주는 편견에서 모두 벗어나진 못한 모양이야. 미안하다 친구, 가끔 나도 네가 무서워. 그냥 생긴 게 그래.

동방명주에서 상하이 박물관으로 가려면 난징로를 거쳐야 하는데, 여기는 유럽풍의 건물과 첨단 건물들이 뒤섞여 중국이라는 느낌과는 거리가 있다.

"문어다."
"저녁? 난 다른 거 생각했는데."
"아니 하늘에…"
하늘에 붉은 문어연이 날고 있다. 재미있는 모양일세. 흠, 그리고 보니 아까 공원에서도 느꼈던 중국의 특징. 주변의 눈치를 보지 않는 모습. 한국에서 누가 이런 도심지에서 홀로 연을 날리겠어. 다만, 국제 사회에서 국가 간에는 좀 더 매너를 갖추어 주셨으면 좋겠어. 초강대국이라는 것은 인정하지만, 같은 행동을 해도 '아' 다르고 '어' 다른 것이니깐. 힘의 논리가 우선인 세계에서 강자에게 무언가를 양보하게 되는 경우는 사실 어쩔 수 없지만, 이게 호감도에 따라서 국내 정치의 반응이 다르거든.

상하이 박물관은 생각보다 금방이다. 1952년에 개관한 이곳은 청동기와 회화 작품이 우수하다는 것이 특징이다. 또, 다행히 사진을 찍도록 허가해 주어서 덕분에 박물관도 다녀왔다고 자랑할 수 있어. 엣헴.

　종일 정복에 구두로 돌아다니다 보니 발바닥부터 무릎까지 안 아픈 곳이 없다. 워낙 커서 시대별로 한번 관람한 것만으로 벌써 어둑한 시간이다. 뭔가를 감상하고 싶다는 느낌보다는 이제 복귀해서 좀 씻고 쉬고 싶다는 마음이 앞서는군.

"우와!"
"지치지도 않냐 너는? 뭐가 우와야… 우와구나!"
'우와' 할만하군.

　갑자기 도시가 영화에서 보던 모습으로 바뀌었다. 이거구나. 상하이

의 야경이. 어지러워 정돈이 안 되어 있는 것 같으면서도 멋진…, 이제부터 감상 좀 해 볼까 싶은데 어느새 복귀 시간이다. 에잇. 타이밍 참.

"우와!"

또 뭐야.

"왜?"

"나 저기 호텔 프런트에 계신 여성분이랑 사진 좀 찍어줘. 너무 이쁘시다."

어… 이 녀석 이런 면도 있었나. 할 수 없지.

"가서 같이 찍자고 해."

"어떻게 그걸 내가 말해."

"어떡하라고 답답아!"

가야 할 시간도 다 되어 가는데. 덩치 큰 순둥이 녀석, 어쩔 수 없지. 나는 급한 마음에 성큼성큼 걸어가서 고등 영어를 구사했다.

"쿠주 아이 테이크 어 픽처 위드 유?"

캬, 내 발음이지만 정말 구수하다.

상대방의 표정이 당혹에서 쑥스러움으로 변한다. 알아들었어!

"자, 묵. 이분이 찍어 주신단다."

"오오."

녀석은 기쁜 나머지 굶주린 멧돼지가 씩씩대는 것과 같이 나와 함께 있는 그녀에게 달려들었고 그것은 그 여성분을 놀라게 하기 충분했다. 쿵쿵쿵! 심장 소리가 여기까지 들려.

"자, 찍는다."

으구, 입 찢어지겠다. 짐승 같은 녀석.

돌아가는 내내 나는 야경을 감상했고 묵은 그 여자 이야기를 했다.

"야, 우리가 왔던 길인데 낮이랑 이미지가 완전히 다르다."

"응, 그 애도 저 조명 아래여서 저렇게 아름다울까."

"아, 그만 좀 해. 아까 사진 찍을 때 그 애 표정은 종말을 맞이하는 그것이던데."

"자식, 종말이 다가와도 그런 여성이 내 옆에 있다면…."

"아니, 그런 애 입장에서는 네 존재가 종말이 된다는…."

퍽. 음…, 녀석 편치가 좋아졌어. 눈에 분명히 보였는데 피할 수 없었다. 드디어 코브라 편치를 완성했구나. 짝짝짝.

예원의 아침

중국에서의 마지막 날. 내일부터는 또 베트남 호찌민을 향하여 항해를 시작한다. 중국을 더 보고 싶은 아쉬움도 아쉬움이지만, 다시 또 항해를 하고 수업을 해야 하는 상황이 내 마음을 자꾸 아프게 해.

"오늘은 어디 간다고 했더라?"

"예원."

흠, 예원이라. 예원은 중국의 대단한 권력가가 자신의 아버지를 위하여 만들었다는 정원이다. 특히 그 규모가 중국 황제의 것과 견줄 정도여서 논란의 대상이 되었다고 한다. 그래, 사치도 규모를 크게 부려 두면 문화 관광지가 된다. 덕분에 나는 오늘 세계에서 가장 화려한 정원을 볼 수 있었다.

확실히 루쉰 공원보다 화려하잖
아? 왜 굳이 여기를 왔는지 알 것
같다고. 기왓장부터 기둥, 바로 위
의 장식무늬 하나도 예사롭지 않
다. 관운장이 청룡언월도를 들고
있는 모습이 금방이라도 휘두를 듯 역동적이다.

"오… 잘 만들었다. 저 돌 하나하나 용무늬 새긴 것 좀 봐."

내 이야기를 들었는지, 가이드가 설명을 해주었다.

"저기 보이는 것은 사실 용이 아니랍니다."

네? 저게 용이 아니라고?

가이드는 저 조각상이 만들어진 예전으로 거슬러 올라가듯 잠깐 숨
을 고르고 이야기를 시작했다. 새삼 나도 같이 크게 숨을 고른다. 흙내
가득한 중국의 공기가 과거의 냄새를 함께 불러왔다.

앞서 설명한 바와 같이 이 정원은 명나라 당대 최고의 부자였던 판윈
단이 부모님을 위해 18년이라는 세월 동안 만든 걸작 중의 걸작이다. 이
정원이 만들어지고 몇 해가 흘렀을 때이다. 모난 돌이 정 맞는다고, 그
의 권력을 시기하는 자들은 예원의 지나치게 큰 규모와, 특히 황제만이
사용할 수 있다는 용 장식에 대해서 비난을 퍼부었다. 황제는 규모는 둘
째 치더라도, 감히 자신만 사용할 수 있는 용 장식을 일개 귀족이 사용

한다는 것 자체가 자신을 무시하는 것으로 판단했다. 결국 판원단을 사형에 처하고자 신하를 보낸다. 그 길로 곧장 예원으로 향하여 당도한 신하. 말에서 내린다.

"어명이다. 판원단은 당장 나와서 칼을 받아라!"

"벌? 나의 죄란 무엇인가?"

"감히 황제만이 사용할 수 있다는 용의 조각을 개인이 사용하다니, 이는 만용을 넘은 역적죄이다!"

"아아… 내 언젠가 그런 오해를 받을 것 같아서 해명하려 했다. 저것은 용이 아니다. 보아라, 발가락을. 세 개지? 아닌가? 본래 용의 발가락이 다섯 개지? 모르진 않겠지?"

"그럴 수가, 그렇다면 저것은 용이 아니군."

"돌아가도록 하라. 황제께도 잘 전달해 드려라."

"…"

"따라서 저것은 공식적으로 용이 아니라는 것입니다."

음, 그냥 황제도 건드릴 수 없는 큰 세력이었다는 것으로 추정하면 될 것 같다. 만약 내가 정말로 강력한 권한을 가진 황제인데 정말 저런 논리로 집행이 취소되었으면 보낸 신하도 판원단도 손가락 발가락이 무사하지 못할 거야. 야, 너 이제 손가락 세 개니깐 사람 아니지? 그러니깐 사람 대우 안 해준다?

중국 무협지에서나 볼 만한 건축물이 기암괴석과 잘 어우러져 예술이

군. 추녀가 한옥보다 높게 치켜 올라간 것은 태양의 고도가 우리나라보다 높아 내부에 햇볕이 잘 들도록 하기 위함이라 한다. 다 의미가 있어.

"사소한 것에도 다 의미가 있습니다."

역시 그렇죠? 가이드는 이어서 말했다.

"바닥 좀 보세요."

왠지 현재 한국의 보행자 보도 바닥 같은 벽돌들이 촘촘하게 박혀 있군. 포장 기술이 뛰어나다는 건가?

"이 벽돌의 의미는요. 벽돌을 사람 인ㅅ 자 모양으로 설치하여 자신이 만인의 위에 군림하고자 하는 욕구를 나타냈습니다."

그래? 하지만 반대로 걸으면 사람 인자가 아니잖아. 그때는 뭐 승리의 브이라고 할 거니? 앗, 또 삐딱해졌군.

예원을 벗어나면 다양한 군것질 거리와 관광객이 엄청나게 모여 있는 거리가 나온다. 더운 날씨를 이기고, 밤의 야경을 즐기기 위해서 여유 있게 차가운 차를 즐기기 시작했다.

상하이에서의
마지막 밤

시원한 차와 함께 더위를 몰아내다 보면 어느새 저녁이 온다. 상하이의 밤은 낮과는 대조적일 정도로 화려하고 아름답다.

그래서 이 밤을 기다렸다. 화려한 야경과 기분 좋은 여름밤의 바람. 오늘은 우리도 왔고, 중국 해군을 방문한 기회에 한-중 연합 해군 공연을 한다. 연합과 합동? 국가 간 군이 협력하면 연합, 국가 내 육·해·공 각 군이 협력하면 합동이다. 그래서 이런 연합 행사로 상호 관계가 향상된다면 아주 생산적인 것이지. 동방명주 탑 2번 출구에 수많은 팀들이 공연을 위해서 부산스럽게 준비하고 있었고, 의자도 준비되어 있었다.

한참 걸었어. 좀 앉아서 여유 있게 구경해보자.

그때 중국 해군 측에서 우리 생도대 쪽을 향해서 제안을 했다. 한국은 중국을, 중국은 한국을 서로의 공연을 감싼 형태로 서서 보는 것은 어떠냐고. 그러니까 사람들로 큰 원을 만드는데 중국공연단 쪽에 가까운 반원은 우리가, 한국공연단 쪽에 가까운 반원은 중국 해군이 둘러싸는 형태다. 여튼 또 서 있자고?

군악대부터 시범을 보인다. 한 곡을 각 파트별로 나누어 교대하며 연주하는데, 정말 솔직히 우리 군악대가 훨씬 잘한다. 배에서 쉬지 않고 연주만 한 것은 아닐텐데 대단하군! 만장일치로 대한민국 해군 군악대의 승리다! 짝짝짝! 심사 위원은 나랑 묵, 둘뿐이지만.

행사를 준비하시는 분들만큼은 아니지만, 정장을 입고 자세를 갖춘 상태로 구경하고 응원하는 것도 쉬운 일만은 아니군. 몸을 꼬아 가며 스트레칭을 한다.

"으아– 피곤해."

"봐라? 나 허리 뒤로하면 여기까지 닿는다."

"오 당신이 림보왕입니까?"

허리를 활처럼 뒤로 펴면서 몸을 풀다 보니 내 뒤에 중국 기예단 같은 사람들이 무언가 연습하고 있는 것이 보였다. 나중에 중국팀에서 그 유명한 중국 묘기를 선보이려는 것이구나! 어릴 때 만해도 서커스나 묘기나 이런 것들이 공중파 방송에도 종종 방영될 만큼 유명했었는데, 어느새 찾아봐도 관람하기 힘든 것이 되었다. 그것을 라이브로 보다니. 기념촬영할게요, 찰칵.

　재미있게도 같이 연습하시던 남성분들은 낮을 가리며 사진에 찍히기를 두려워하시는 반면에 여성분들은 오히려 포즈를 취해 주셨다. 중국 전통 의상인 붉은 원피스에 치마 옆이 트여 있는 치파오에, 산타의 이미지를 덧입힌 듯 실용적이면서도 문화를 엿볼 수 있는 복장이 멋지다.

　중국인들은 국기에도 사용할 만큼이나 참 붉은색을 좋아하는데, 이는 성공과 복을 의미한다고 한다. 그래서 결혼식 의상이나 축의금 봉투도 대체로 붉은색을 많이 사용한단다. 또, 금색은 황제를 뜻하거나 부유함을 상징한다. 따라서 저렇게 붉은 옷에 금색 단추를 단 것은 보이는 만큼이나 화려한 상징성을 가진다.
　어둠이 깊어질수록 낮에는 몰랐던, 이미 다녀온 사람들이 감탄하던 상하이의 모습이 나타난다. 뿌연 공기 속에 우두커니 서 있던 동방명주는 밤이 되자, 푸른 금속에 빛나는 다이아몬드가 박힌, 어느 귀부인의 목에 걸리는 것이 어울릴 것 같이 손대기도 아까운 사치스러운 모습이 되어 있었다.

아! 드디어 대한민국 해군 의장대의 시범이다. 총 들고 행사하는 호기대 출신으로서 병기 제식 동작을 해 봤기 때문에 저 수준에 이르기까지 얼마나 많은 연습을 했는지 상상이 간다. 앞으로 갔다 뒤로 갔다 손에서 총이 춤을 춘다. 빙글빙글 돌다가 솟구쳐 오르고 떨어지면서 마술처럼 다시 손에 휘감긴다. 분위기는 점점 고조되고 상하이의 밤과 함께 나도 취한다. 모든 공연히 워낙 자연스럽게 진행되어 느슨해 보이면서도 일사불란하다. 누구 하나 틀리는 법이 없다.

어느새 상하이의 모든 일정이 끝나고 돌아간다. 낮과 밤의 양면이 너무나도 다른 상하이. 안녕. 내일부터 항해하는 일주일 동안은 또 잠을 참아가며 공부하고 훈련하고 당직이다. 어쨌든 안녕.

잘 모르고 낮의 모습만 보고 판단한 건 내 잘못이었어. 대한민국 임시 정부의 자리를 잘 유지해 주어 고마워. 정말 즐거웠어.

공원의 아저씨들도 다음에는 옷 입고 만나요.

상하이-베트남 호찌민
남쪽으로 항해

꿈을 꾸었다. 옛날에 살던 시골집이다. 경남의 구석. 하루에 학교로 가는 버스가 두 번밖에 다니지 않는 외지 중의 외지. 조립식으로 만들어진 집 밖으로는 감나무가 많았다.

차이나 칼라의 짙은 남색 교복. 내가 다니던 고등학교. 뭔가 지쳐 보이는 엄마가 앞에 있다.

"엄마, 나 미술 그만두려고."

살짝 의외라는 표정. 하지만 이유는 묻지 않으신다.

"해군사관학교에 가려고."

정적. 그래, 내 성적으로 턱도 없는 거 나도 알지.

"거기는 학비가 공짜인데 취직도 백 퍼센트래."

"응, 그러면 고맙지. 그래도 너가 원하는 걸 해야지."

내가 원하는 거. 딱히 없다. 그게 문제지. 엄마 누나 따라서 하던 미술이었지만, 난 큰 재능이 없었다. 그냥 안 그래도 부모님 힘든데 내 부담이라도 덜었으면 하는 것과, 나쁜 일 안 하고 살 수 있는 정도.

"아주 좋은 선택이지."

어디선가 나타난 아버지. 굉장히 좋으신가 보다.

"상으로 망고스틴 어떠냐?"

네?

"일어나서 까 잡숴."

"응?"

아, 항해 중이었다. 새벽 당직 후 함미 갑판에서 엎드려 조는 걸 소가 깨운다. 망고스틴?

"되게 특이하게 생겼네."

생긴 건 감과 모양이 비슷한데 껍질이 밤 같다. 이것 때문에 감나무집 꿈을 꾸었나?

중국에서 많이 나는지 어떤지는 모르겠지만 잠깐 나갔다 온 사이에 비행갑판을 가득 메우고 있는 압도적인 수량으로 볼 때 그렇게 비싼 것이 아닌 것은 틀림없다. 먹는 방법은 꼭지 말고 반대편 뒷부분을 손가락으로 꾸욱 눌러 주면 껍질이 갈라지면서 까지는데, 이 안의 마치 마늘처럼 생긴 과육을 먹는다. 달콤하고 상쾌해서 맛있다!

우리가 가는 코스 자체가 부산에서 출발해서 더 아래에 있는 상하이, 훠어어어얼씬 더 아래에 있는 베트남 중에서도 남부에 있는 호찌민을 향한다. 남쪽으로 갈수록 점점 덥고 습해지는 것이 느껴진다. 선박의 특성상 물을 아껴야 하는데, 땀이 나서 기분도 위생도 별로인 더위에 이런 청량감 있는 별미는 사기에 도움이 된다. 또, 배 자체로도 해수의 온도가 올라가면 냉각수가 데워져 장비의 온도가 높아지며, 습도도 높아져서 냉각 불량으로 인한 고장의 확률이 높아진다. 그런 만큼 장비를 담당하는 인력들은 계속해서 장비 상태를 확인하고 긴장하느라 지친다. 이때 잠깐의 새로운 단맛은 위로가 된다. 군수와 보급은 물리적인 것뿐 아니라 정신적인 효과도 발휘한다. 위대해.

맑은 날씨를 기준으로 사람이 볼 수 있는 거리가 6해리(약 12킬로미터)라 하는데, 전혀 아무것도 보이지 않는 망망대해.

베트남이 너무 보고 싶다.

베트남

호찌민

투쟁의 역사와
낭만이 있는 나라

"입항 한 시간 전, 현 측 요원 배치 십오 분 전."

막 구두를 다 닦았을 때쯤 구령이 나왔다. 생각해 보면 입대하고 난 후에 가장 힘들었던 것 중 하나가 옷 다리기와 구두 닦기였다. 품위 있게 옷을 입어야 하는 것이야 당연하겠지만, 뛰고 구르고 하는 생활 속에서 근무복의 칼 주름을 유지하고 구두의 빛나는 광을 유지하는 것은 쉽지 않은 일이었다. 하지만 선배들은 그런 것을 요구했고, 새벽의 다리미실은 항상 기 싸움과 한발 늦은 자들의 자포자기가 난무했다.

이번 기항국은 베트남. 국외로는 경험이 거의 없는 내게 베트남의 이미지는 베트남 삿갓인 넝라를 쓴 뱃사공과 야시장, 아오자이 정도이다. 덧붙이자면, 치열한 베트남 전쟁 때 어떠한 상황이었든지 간에 한국군이 그들 민간인에게 피해를 준 범죄에 대해 군인으로서 사과하고 싶은 마음이며, 혹여 동일한 전투 상황이 벌어질 때 민간인을 더욱 보호할 수 있는 군인이 되고자 한다.

사과라는 것, 많은 용기가 필요한 일이지만 관계를 매듭짓고 진행하기 위해서는 필수적이다. 서로의 문화를 좋아하고 존중하지만, 한 발 더 다가가기가 힘든 우리와 일본 간의 관계도 언젠가는 나아졌으면 좋겠다.

　하지만 최근까지도 베트남과 우리 관계에서 일부 유학생들의 경솔한 행동이나, 국제결혼에서 일어나는 각종 문제로 한국 남성들의 이미지가 썩 좋지는 않다고 한다. 피해를 준 사람은 일부라고 하더라도, 피해를 받은 사람은 연관된 전부에 대해 마음이 남을 수밖에. 특히 육체적인 힘이 약하다고 여성이나 노약자들에게 힘을 함부로 쓰는 쓰레기 같은 녀석들! 반성해!

　베트남의 강에도 쓰레기가 많군. 가만, 쓰레기인가?

　자세히 보니 쓰레기가 아니다. 곳을 통해 들어온 이곳 동나이 강에는 연꽃, 부레옥잠같이 수면에 떠다니는 식물들이 많았다.

　사람들도 마치 육상에서 자전거를 타고 다니듯 강 위에서 카누와 동력선을 자유롭게 타고 다녔다.

모두 해양 스포츠의 대가 같다. 시원하게 움직인다. 대한민국의 군함이 이 장관을 지나서 베트남에 입항한다.

입항 후 예약된 버스를 타고 베트남의 거리로 향했다. 여기는 중국과는 또 다른 바이크의 천국이다. 상하이가 자동차 전용 도로 중 한 부분을 바이크 전용 도로로 인정받아 그 구역에서 운행하는 느낌이었다면, 이곳은 도로에 산재한 바이크 사이에 자동차가 비집고 들어가야 하는 느낌이야.

더 이상 내 기억 속의 베트남은 뱃사공과 아오자이가 아니야.

베트남의 상징은 오토바이다. 그것도 육상과 수상 모두. 맑은 공기와 더운 날씨에 뒤엉킨 강과 도로를 가장 효율적으로 움직이는 사람들.

우선 도달한 곳은 한국 식당이다. 환영이다. 한국을 떠나 있을수록 익숙한 맛이 그리웠어. 식당 이름은 최고집.

"최고 집인가? 최 고집인가?"

"최고집은 최고의 맛을 고집하는 집입니다."

띠용. 좀 억지 아녜요.

지극히 평범한 김치찌개와 공깃밥. 한국에서는 부대 식사로 나올 법한 한식도 해외에서는 진수성찬이야. 왁왁 퍼 넣는다. 몇 개월이 지나야 이런 걸 먹을 수 있다니!

머리에 당이 돌기 시작하자 주변의 풍경도 눈에 들어왔다. 그러고 보니 건물들이 동남아풍이 아닌데… 저건.

…프랑스 식민지 시대의 흔적이겠지. 베트남은 1884년부터 계속해서 프랑스의 점령을 받아왔고, 중일 전쟁 시 베트남에 진출한 일본군이 프랑스군과 적대 관계임을 이용, 일본군을 도우면서 프랑스의 점령에서 벗어나 베트남 제국을 수립한다. 이후 일본 제국의 항복과 프랑스의 재침입, 호찌민의 항쟁과 1954년의 독립. 이 시기를 겪다 보니 베트남의 근대 건축 양식은 프랑스식인 것이 상당수 있다. 우리나라 곳곳에 일본의 건축 양식이 남아 있는 것과 같은 맥락이다. 슬프다. 괴로운 만큼 배워야 하는 것. 성당을 보고자 다가간다.

붕붕!

바이크에 차도와 인도가 구분 없는 것은 우리나라랑 똑같군. '무분별한 바이크 사용이 건전한 라이더에게도 안 좋은 인식을 미친단 말이야.'

하고 보니 바이크 센터다. 저것 때문에 시운전하는 사람들이 많았구나. 오해해서 미안요.

혼다 렙솔 카울을 예쁘게 덮고 있는 신차가 유독 눈에 띄었다. 물론 일본 정품은 아닌 것 같긴 한데, 물가도 알아볼 겸 말을 걸었다.

"하우 머치 이즈 잇?"

베트남인은 대체로 영어를 빠르고 불명확하게 이야기한다. 반면에 나는 영어를 몹시 딱딱한 발음으로 천천히 한다. 너도 나도 못하는데 스타일이 다르니 의사소통은 금방 막혀 버린다.

다른 방법도 있지. 눈을 크고 동그랗게 뜨고 깜빡깜빡. 음, 호기심을 표현한 아주 정확한 보디랭귀지다. 계산기를 치켜 올려 보여 준다.

바이크를 가리키고 손으로 1을 만든 후 입술을 삐쭉.

'저 바이크 한 대 얼마해요?'

계산기에 다다다닥 원하는 금액을 써넣는다.

'적힌 바와 같아요.'

"엥?"

우와- 뭐가 이렇게 비싸? 0이 몇 개야.

"And US dollar…."

다시 숫자를 적는다. 아, 베트남 화폐의 가치가 생각보다 낮구나. 당연하겠지만, 베트남에서는 '동'이라는 단위를 쓰는데, 16,000동이 1달러 정도라 한다. 다시 계산기에 적힌 가격은 900달러. 우하하. 이거 신차인데 그렇게 싸나?

"좀 분해해서 실으면 모르지 않을까?"

"얘가 이제 밀수 계획을 다 세우네."

"어차피 검사할 때 다 걸리겠지? 아깝당."

"쯧쯧… 너 그 전설의 밀수꾼 선배 이야기 못 들었나?"

"무슨 얘기?"

이야기의 시작은 늘 그렇듯 몇 기수인지, 이름도 모르는 '어떤 선배'로 시작한다. 당시에는 지금보다 세관 감시 체계 등이 허술한 점을 노려서 특산품을 싣는 여러 가지 시도를 했었는데, 당연히 함 승조원이나 훈육관에게 들키고, 예방되는 사례가 많았다 한다. 어느 날 태국인지, 베트남인지 따뜻한 나라의 기항지를 방문하고 난 다음, 출항 후 불시에 훈육관의 점검이 있었는데 한 생도의 침대밑에 대야가 있었다 한다.

"대야?"

"어, 그 물 담아 두는 거."

"낚시한 거야?"

물론 그 훈육관도 그렇게 생각했다 한다. 그래서 회를 안주로, 생도에게는 금지된 음주를 할 것을 예상해서 점검했는데(생도는 금연, 금주, 금혼이라는 삼금 규정이 있다.), 아무것도 없구나 하는 순간, 대야가 첨벙거린 거지.

"그런데?"

"그 첨벙거린 대야에서는 악어가 툭 떨어졌네."

"악어? 미친 거 아냐?

악…! 악어가 내 침대의 대야에서 뛰쳐나올 생각을 하니 웃음이 절로 나왔다. 씰룩씰룩.

"더 웃긴 건 훈육관님이 열 받아서 악어를 바다로 던져 버렸대. 버둥 거리며 바다로 떨어진 악어를 다시 본 사람은 아무도 없었다는군."

악어 입장에서는 잔인한 이야기인데 있을 수 있을 법해서 더 재미있 었어, 제법이야.

성당은 못 갔지만, 조금 떨어진 거리에는 박물관이 있다. 상하이 박 물관이라는 장관을 보고 나니, 의미를 잘 모르는 전시물은 크게 눈에 들어오지는 않는다. 다만, 베트남 역사의 상징 역시 내게는 바이크가 될 것 같다는 느낌이 드는군.

68년 스즈키 모델, 저 넓은 엔진 스페이스로 무엇이든 달 수 있을 것 같은 데다 여유 있는 서스펜션. 동그라미 속에 새겨진 S 무늬가 도드라 져 보인다. 시소식 클러치는 아쉽지만, 버튼식 스타트키가 없는 클래식 함이 멋지다. 바이크의 매력은 역시 밟아 걸기지. 베트남 멋져. 감성으 로 타는 엔진이 무엇인지 알고 전시해 두었군요. 음, 그래서 전시한 것은 아니겠지요. 네.

박물관 내부지만, 냉방이 별로야. 무지 덥다. 그리고 습해서 땀이 많이 나 찝찝해. 뭐라도 시원한 거 마시고 싶어. 날이 더워서 그런지 우리나라서는 여름 축제 때나 볼 만한 얼음이 담긴 아이스박스에 음료들을 넣어 길에서 판다.

캔 콜라를 하나 집었다. 급하다 급해. 가게 아주머니가 무어라고 하셨지만, 나는 아무것도 알아들을 수가 없다. 아까 연습했던 보디랭귀지. 1달러를 내민다. 함박웃음과 함께 1달러를 받는다.

거래 성사.

베트남에서는 자기네 돈보다 달러를 더 인정해 준다. 과도한 인플레이션 등으로 그들 스스로가 자신들 화폐에 신뢰가 없는 것이 그 이유다. 달러가 많아진다는 거. 국가 차원에서는 나쁘지 않은 일이지만 그러한 배경은 또 씁쓸하군.

6,000동을 거슬러 받고 콜라 뚜껑을 열었다. 시원한 소리가 마른 목을 자극한다. 치익!

"꿀꺼억."

"야, 그게 원샷이 되냐?"

"당연하지. 식도를 딱 열고 한방에 들이붓는 거야."

이 청량감! 개운함! 지나가던 동기들도 대단하다는 눈으로 쳐다보고 가게 아주머니가 청소 빗자루를 들고 저게 가능한가 하는 눈빛을 보였지만, 이 날씨에 이 콜라 한 모금은 그 정도의 민망함은 웃어넘길 만큼 가치가 있었다. 캬아.

호찌민의 중심에는 높은 나무들이 **빽빽**한 공원이 있다. 이 근처의 큰 건물인 다이아몬드 플라자가 베트남에서의 나의 주 무대가 되리라 예상할 수 있었다. 왜냐하면 시원하니까!

"에어컨이다!"

"오오!"

한국에서 나를 기다리고 있을 사람들을 위해서 그림도 그리고 알콩달콩 꾸민 엽서를 부치러 우체국으로 향한다. 여기는 관공서가 멋있으니까, 우체국도 멋지겠지.

우체국에는 국가별로 각 시간대의 시계와 전화가 있었다. 전화는 한국에 거는 경우, 4분에 1달러다. 국제전화치고 그렇게 부담스럽지는 않지? 그런데 전화하기가 생각보다 어렵다. 자리도 많이 없거니와 사람들이 한번 들어가면 쉽게 나오지를 않는다. 왜 사람들은 이 비싼 통화를 1시간이나 붙잡고 있는가. 배려심이 부족하다고 생각했지만, 사실은 전화를 거는 절차가 생각보다 복잡하고, 한 번 틀리면 처음부터 다시 해야 하기 때문이다. 로밍합시다, 로밍.

"1729 누르고 국번 누르고… 아악!"

시키는 대로 했는데 신호가 안 간다. 그럴 줄 알았다는 듯 데스크에서 내 쪽을 바라보며 비웃는 얼굴을 한 안내원에게 당장이라도 달려가 직접 해 보라고 따지고 싶다. 하지만 그럴 수 없어. 내 뒤로 늘어선 사람들을 볼 때, 한번 전화부스에서 나가서 다시 줄을 서게 되면 오늘 통화는 끝이라는 것을 짐작하는 것은 그렇게 어려운 일이 아니기 때문이지.

통신을 위한 각고의 노력에 비해 몹시 간단히 안부 통화를 마치고 시원한 밤바람을 쐬러 거리로 나오니 바이크들이 요란한 소리를 내며 눈

아픈 조명을 켜고 달린다. 모두들 비슷한 모델들을 타고 다니는데, 튜닝을 우스우리만큼 심하게 했다. LED가 바이크 전체를 휩싸고 있는 것은 기본이고, 서스펜션을 다리가 안 닿을 때까지 올린, 이른바 쏭카들도 많다.

베트남의 밤거리. 밤에는 낮의 길거리와 달리 아이스박스 대신에 쌀국수와 내장 요리 등을 내어놓고 파는 곳이 많다. 군침이 돈다. 어떤 사람들은 이렇게 길에서 먹는 음식이 정말 맛있다고 하는데 실상은 배탈나는 사람들도 꽤 많다. 그러니 어느 정도 적응이 되기 전까지는 바짝 튀기거나 끓이는 요리, 그것도 그 과정을 눈으로 볼 수 있는 음식을 택하는 것이 좋다.

우리는 그 유명한 메콩강 야시장으로 향했다. 이곳은 외국인 관광객이 워낙 많아서 대부분의 입맛에도 맞고, 위생적으로도 제법 증명이 되어 안심이다. 그중에서도 관광객이 우글대는 포장마차로 향했다.

나는 위장이 제한된 만큼, 맛있는 음식을 먹는 걸 중요하게 생각한다. 평소에는 아무것으로나 끼니를 채울 수 있다. 다만, 맛있는 걸 먹기로 작심했는데 그 수고가 무산되는 것을 몹시 싫어하는 타입이다. 그래서 맛집을 찾는 나만의 몇 가지 노하우가 있는데, 첫째로는 피크 타임에 사람이 제법 있어야 하고, 둘째로는 보이는 재료가 싱싱해야 한다는 것이다. 그런 관점에서 볼 때, 메콩강의 포장마차는 조건을 모두 만족한다.

메뉴를 보니 제법 괜찮은 요리라 해 봤자 38,000동. 2달러가 조금 넘는 정도. 가격 부담도 없다. 밤바람과 함께 풍겨 오는 버터구이 해산물

과 새우 튀겨지는 소리가 식욕을
자극한다.

"헤이, 여기 스테이크와 구운 새
우, 코코넛과 콜라, 그리고 감자 튀
긴 것 셋!"

음, 웨이터가 왔다. 나는 방금
말한 것을 손가락으로 메뉴판을 꼭꼭 눌러 줘야만 했다. 한국말 잘하시
는 분 없나.

수수한 모양새이지만, 맛은 보장할 수 있다. 볶음밥이 조금 싱거웠지
만 춘권, 특히 튀긴 새우는 항해할 때 틀림없이 생각날 거야. 남기지 말
고 먹어야지. 아삭아삭. 먹다 보니 뒤따라 나오는 스테이크. 한입 베어
서 물자 입에 퍼지는 진한 고기의 맛이 정말 일품이다. 사진이 애피타이
저밖에 없는 것은 식사가 얼마나 치열했는지 보여 주는 증거다.

비싸지 않은 물가와 맛있는 음식, 낮에는 다소 덥지만 늘 기분 좋은
여름밤이 찾아오는 이곳. 참 매력적인 나라라는 생각이 든다.

구찌 터널과 월맹의 승리

"아 후아암…"

여독이라는 말이 있을 만큼 여행의 피로도 만만치 않다. 게다가 물을 아껴야 하는 선박에 있는 만큼 운동하는 것이 제한되다 보니 아침에 일어나는 게 점점 힘들어진다. 어떻게 내가 잠든 사이에만 시간이 쑥쑥 지나가는 건지.

"오늘 어디 간다든?"

"구찌 터널"

"음…, 사치스럽군."

"아무래도 그렇지."

얘도 피곤하구나. 흐흐.

말도 안 되는 대화로 히죽거리는 우리에게 버스에 탄 젊은 가이드는 구찌 터널의 철자가 CUCHI로 상표와 글자가 전혀 다르다는 설명을 굳이 강조해 주었다. 음, 좀 부끄럽군. 이어서 구찌 터널의 배경을 설명하기 시작했다.

"베트남이 일본의 영향 하에서 베트남 제국을 수립했다가 태평양 전쟁 때 일본의 항복과 함께 베트남 제국도 무너졌었죠."

…그렇지. 베트남의 역사는 그야말로 투쟁의 역사다. 비엣민은 제국이 무너지자 즉각 임시 민주 공화국 정부를 설립했다. 이어서 비엣민이 이끄는 공산 국가인 북베트남과 프랑스가 이끄는 남베트남의 전투가 시작되었다. 이것이 우리가 아는 북베트남과 남베트남, 즉 월남의 시작이다.

지금 우리 한반도와 같이 강대국의 국제 관계적 명분과 이해관계에 의해 이분화되었고, 이들의 내전은 1960년부터 무려 15년간 이어졌다. 주목해야 할 것은, 자본주의 연맹인 미국의 지원을 받은 월남이 전력 면에서 우위였으나 관리 계층의 부정부패로 호찌민이 이끄는 북베트남, 즉 월맹이 통일을 이룬 것이다. 전쟁의 승패가 물질적인 요소 이상의 것에 있음을 보여 준 사례로 전쟁사에 종종 등장한다.

어쨌든 이때 호찌민이 이끄는 월맹군이 사용한 방법이 그 유명한 게릴라전이다. 땅굴을 파서 공중 폭격을 피하고, 숨어 있다가 탐색하는 적을 죽이는 방법이다. 이 전술의 효과를 상향시키기 위해 만든 것이 이 구찌 터널이다. 이를 통해 월맹은 승리했고, 아직도 베트남에는 이를 그들의 자부심으로 여기는 사람이 많다.

당시는 이기기 위해 어쩔 수 없는 방법이고 공산주의 국가라 가능했을지는 모르겠지만, 내가 생각하는 군인 철학과는 조금 다르다. 국민이 국가의 주인인데, 그들을 적에게 노출시키고 적들을 우리 영토에 끌어들인 후 유리한 입장에서 공격하는 방법이잖아. 그러면, 전쟁이 끝난 후 국민과 국토에 남은 것은 고통과 가난뿐이다. 전쟁을 예방하는 강한 군사력과 외교력으로 다른 국가가 감히 침입을 못 하게 만드는 것이 우선이다. 혹여나 전쟁을 해야 한다면, 적이 우리 국민과 영토에 가까이 오

기도 전에 격파할 수 있는 능력을 준비하는 것이야말로 진짜 군이 지향해야 할 바가 아닐까. 강한 공중 세력과 해상 세력으로 국민의 터전 밖에 울타리를 치고, 언제 어디서 공격할지 모르는 잠수함 세력 등의 양성으로 작은 우리나라지만, 큰 국가가 손댈 수 없도록 만드는 주머니 속의 예리한 칼을 준비해야지.

구찌 터널은 호찌민에서 차로 한 시간 반 정도 거리에 떨어져 있다. 한 시간쯤 이동하면 프랑스식 건물은 없어지고 목재로 만든 전통 집들이 나타나기 시작한다. 볼 때만 운치 있지, 저기서 살려면 또 힘들겠지? 벌레에, 화재 걱정에 으으…, 난 시골 출신인데도 벌레는 아주 질색이다.

구찌 터널 입구에 들어서면 베트남 전쟁에 사용했던 무기들이 보인다. 원시적이지만 살상력은 충분한 죽창, 공평한 죽창, 죽창에는 너도 한 방 나도 한 방.

현대전에 익숙해진 우리가 보기에는 조금 허술해 보이지만, 효율에서는 최고다. 나무야 얼마든지 있으니 깎아서 만들면 되고, 재활용도 되니

총알이 다 떨어지거나 날이 빠질 일도 없다. 보기 좋은 무기가 좋은 무기가 아니라 합리적인 무기가 좋은 무기다. 음.

"들어가지 말라?"

바닥에 나무문이 있다.

"야, 이거 설마…?"

"음, 뭘까."

발로 툭.

아! 예상했지만 생각보다 스무스하게 돌아가는 모습에 놀랐다.

"어허 역시…"

살짝 눌렀더니 빙글 돌면서 밑에 흉측한 녹슨 못으로 이루어진 함정이 모습을 잠시 보인 후 짚으로 만들어진 문이 덮였다. 어허. 신기하지만 살벌하군. 저 날카로운 침들은 내 무릎 높이까지는 올 것 같다. 게다가 치명상을 입히기 위해서 인분을 묻혀서 이른바 똥독으로 인한 2차 피해를 주도록 설계했다 한다. 인분이라니, 하긴 제대로 된 무기도 아니고 빠져 다치는 사람도, 또 그걸 보는 동료도 울화통이 터지겠다. 전쟁 범죄는 절대 안 되지만, 전우가 옆에서 죽창에 찔려 죽고, 함정에 빠져 죽는데 적이 이래저래 땅굴로 도망 다니면 미칠 것 같기는 하다.

좀 더 걷다 보면 터널 입구가 보인다. 그 와중에 다시 땀샘 폭발. 너무 더워. 자연스럽게 시원한 지하가 그리워졌어. 터널 안은 서늘하겠지? 계단이 꽤 높아서 크게 발을 내디디며 입구로 내려 들어간다. 오오 조금 시원해… 턱.

"어어?"

어깨가 터널에 안 들어가. 조, 좁다! 설상가상 천장도 낮아져 오리걸음으로 가기 시작했다. 산소가 부족해진다. 안 되겠다. 다시 나가려고 뒤를 돌아보는데 나와 같은 생각으로 피서를 온 녀석들이 가득 차서 뒤로 빠질 수 없다. 펭귄 같은 녀석들아.

"야, 앞으로 가자."

"아니 정신 나갔어? 이거 200킬로미터라는데 어디까지 가게."

"뒤로 돌아가자니깐?"

"아니 뒤에 애들이 계속 따라 들어와."

예전에 어디서 읽은 적이 있어. 무슨 물소 떼가 절벽 앞으로 따라 달리다가 다 떨어져 죽는다고. 이런 곳에서 개죽음당할 순 없어. 오리걸음은 포기하고 앞발을 쓰기로 했다. 평소 걸음보다 두 발이 더해지자 용기가 생긴다! 이곳에서 벗어나자! 달리자!

네 발로 달리는 내 눈에 희망과도 같은 샛길이 보인다. 그래, 여기저기 출입구가 퍼져 있겠지. 이제 살았다고 생각하고 선택한 길은 약 500미터를 더 기어서야 지상의 햇빛으로 나를 인도했어. 따라 나온 곤이 지친 얼굴로 말한다.

"야, 너 되게 자신 있게 들어가더니…!"

누가 따라오랬나.

"하하… 뭣도 모르고 그저 따라오다니."

손을 털면서 말을 이었다.

"그래도 우리는 이 경험을 추억할 때가 오지 않을까?"

생긋. 윙크를 보냈더니 다짜고짜 주먹이 날아왔다. 민첩하게 피하고 진흙으로 덮인 손으로 사랑하는 동기의 하이얀 정복을 다듬어 주었다. 옷매무새가 흐트러졌군, 자네.

뒤에서 들려오는 단말마의 비명.

구찌 터널의 입구는 보통의 한국 남성의 어깨를 기준으로 꽉 끼는 정도. 좁은 곳도 비비고 들어가면 들어가 지기는 한다. 전체 길이는 거의 200킬로미터, 겨우 사람이 통과할 정도의 땅굴 내부는 마치 개미집과 같이 어지럽게 사방으로 이어져 있고, 사령부부터 수술실까지 갖추어져 있다. 응? 환자를 안으로 수송할 수 있다는 것이 게릴라군은 최소 이 좁은 공간에 두 명 이상이 동시에 자유롭게 이동할 수 있었다는 뜻이니깐, 당시 게릴라군은 엄청 왜소하고 작았겠군. 그런 체구로 이런 곳에서 거구의 미국인 진영과 끝까지 항쟁했다는 것도 엄청난 각오로 무장되어 악에 받쳐 있었다는 것이겠지. 전쟁은 비참함만 낳는구나. 하지만 아이러니하게, 전쟁을 막기 위해 강력한 군사력을 유지해야 하는 것이 현실이다. 깡패는 힘없는 애들만 치니깐.

터널에서 나오면 다시 한 번 초가집 같은 모양의 지붕이 여러 군데 있었는데, 하나하나 나뭇잎으로 엮어 만들어진 것이다. 수만 개의 나뭇잎을 꽂아서 고정했어. 저런 섬세한 손이 오늘날의 거대한 이미테이션 시장을 만들어 낸 원동력은 아닐는지. 터널 관광지 끝에는 기념품점이 위

치해 있다.

뱀, 전갈, 전갈을 물고 있는 뱀도 술에 들어있다. 몸에 좋다는 설도
있지만, 이들은 바닥을 기는 생물이라 기생충도 많고 술의 향도 흐린다
고 한다. 특히나 독이 든 생물로 술을 만들려면 독이 없어질 때까지 장
시간 숙성을 시켜야 한다고 하지만, 그렇게 신경 써서 담근 것 같지는
않다.

아, 게다가 뱀술에 담긴 뱀에 물려서 죽은 이야기를 종종 들었다. 뱀
의 생명력은 우리가 생각하는 것보다 엄청나서, 술에 뱀을 산 채로 담그
면 그 안에서 딱히 할 일이 없으니 알코올로 열량을 보충하고 밀폐가 덜
된 뚜껑 사이의 공기로 호흡하면서 몇 년이고 살아 있다고 한다. 당연히
죽었을 것으로 생각하고 뱀술의 뚜껑을 개봉하는 순간, 뱀은 기적을 느

끼고 그 사람을 공격한다. 황당할 정도로 질긴 생명력이지만 의외로 종
종 일어나는 일이다. 그래서 야생에서 혹시 뱀을 먹어야 하는 상황에서
는 목을 분리하고 땅에 묻든지 안전하게 떨어진 위치에서 식사를 해야
한다. 물론, 뱀을 잡아먹는 상황은 없었으면 좋겠지만 말이야.

또 여기 넣은 술이 뭔지는 잘 모르겠지만, 병을 한번 열고 나면 그때
부턴 술은 숙성이 아니라 부패의 과정을 거치게 된다. 그래서 20년산 고
급 양주를 사서 10년 보관했다 한들 30년산이 되는 것이 아니라 10년
묵은 20년산이 된다.

던전을 빠져나오니 세상이 이렇게 밝고 하늘이 맑다. 청명한 공기가
자연의 색을 더 투명하게 볼 수 있게 해 주고, 구름까지 먼지 하나 없이
뻥 뚫린 하늘은 그 자체로 예술이다.

다만, 덥고 습하다. 안 움직여도 땀이 줄줄 나는걸. 한데 그늘로 오면 상당히 시원하다. 태양만 피하면 또 시원하다. 그래서 통풍이 잘되는 초가집이 아직도 많은가 보군.

새파란 하늘엔 뭉게구름이 대조적인 흰색을 더하고, 키 큰 열대 나무는 이국적인 색감이 무엇인지 새삼 가르쳐 준다. 참 멋지긴 하다. 가는 길에 출출해 바나나 한 송이를 뜯어 먹기 시작했다.

되게 작네. 먹으면서 괜히 억울한 기분이 들었다. 아니 그냥 배가 안 차니까 기분이 나쁘잖아. 냠냠.

호찌민,
호찌민의 밤

손가락만 한 바나나로 대충 배를 채우고 시내, 그러니까 아까 들렀던 우체국 옆으로 가서 프랑스 청사로 갔다. 관공서를 꽤나 화려하게 만들긴 했다만, 역시 베트남은 야시장이 제일 풍취를 느낄 수

있는 곳이었다. 해산물도 좋지만, 어제 함미 갑판에서 개최되었던 파티에서 먹은 열대 과일들도 좋았지.

특이하게도 포도는 껍질이랑 씨를 먹을 수 있어서 불편한 것이 없었어. 진정한 씨 푸드다. 특이해서 한입 베어 먹어 버린 노란 수박. 향이나 식감이 우리가 먹는 수박과 비슷한데 단맛이 없었지. 또 오렌지는 워낙 크기가 커서 약간 허풍을 가하면 한 조각이 내가 그동안 먹던 오렌지의 절반 정도 크기였어. 맛도 제법이고.

맛을 회상하다 입에 고인 침을 닦을 때쯤 프랑스 청사에 도착했다. 내부에는 제법 사치스러운 인테리어가 되어 있었다.

　프랑스의 예술미에 동양적인 전통이 어우러져 확실히 예쁘기는 하지만, 강점하는 사무실에서 피지배국의 사치품을 가져다 두었다는 점은 불쾌할 수 있겠어. 일본 제국식 건물에 고려청자가 있는 격이잖아.

　그런데 현지 가이드는 동서의 문화가 아름답게 잘 조화된 좋은 사례라고 설명한다. 하긴 저것을 관광지라는 미적인 측면에서 볼 때는 그럴 수도 있겠군. 하지만 내가 보기엔, 그냥 프랑스 관료들이 서구식으로 건물과 기본 가구들을 들여놓고 현지의 전리품, 진상품 등을 들여온 결과물이 아닐까 싶지만, 굳이 입 밖으로 내지는 않았다. 싸울 필요는 없지.

　또 깔끔하게 정원이 꾸며져 있는가 하면 금색 용이 수놓아진 붉은 카펫도 있다. 여기도 중국과 같이 금색과 붉은색이 좋은 의미인 것 같아.

2층에 올라가면 기념품 판매점
이 있다. 자그마한 것들은 열쇠고
리 같은 고만고만한 것이고, 그림
을 꽤 많이 판다. 실제로는 보지
못한, 베트남 전통 의상을 입은 사
람들의 그림이 있다.

집에 하나쯤 두는 것도 좋겠지만 저렇게 큰 것을 어떻게 가지고 가
지? 현지인에게 파는 것이 아니라면 불편할 것 같은데, 굳이 국제 배송
으로 받을 만한 가치가 있는 것 같지도 않고. 경제 활동이 목적이 아니
라 그림을 그리는 게 좋은 김에 파는 것인가 보다.

응? 갑자기 더위가 가신다.

"야, 드디어 내가 적응했나 보다."

"뭐가?"

"이제 덥지 않아. 되려 상쾌하다니깐."

"밖에 비와 모질아."

"…아, 그래?"

이게 열대성 급우로군. 화창하다가 갑자기 무서운 기세로 쏟아진다.
고등학교 지구 과학 시간인가, 스콜에 대해서 들은 기억이나. 쨍쨍하다
가 한 5분에서 10분간 갑자기 엄청난 양이 쏟아져 내린다는데…, 그건
아닌지 잇따라 두 시간을 내렸다. 나갈 수가 없어! 이러한 하늘의 지원
으로 프랑스 청사는 대한민국 해군 관광객을 네 시간이나 유치하는 성

과를 거두었다.

날이 꽤 어두워졌다. 저녁 먹고 복귀하면 빠듯하겠군.

"간만에 피자 콜?"

"콜."

"서 가게 콜?"

"콜."

"콤비네이션 콜?"

"콜."

"라지 두 판. 나 하나, 너 하나. 콜?"

"노 콜. 작작 먹어 돼지야."

일단 라지 한 판을 시켰다. 우리나라 피자와는 확연히 다른 것이, 토핑이 적다! 치즈가 적다! 나는 우리나라에서도 치즈 피자에 치즈크러스트를 더 하는 등 치즈에 집착하는데, 여긴 빵에 가깝다. 따라서 포만감이나 느끼함이 적어서 결국 한 판을 더 시켰다. 돼지라며 인마. 너도 잘먹네.

"아, 잘 먹었다."

"근데 피자는 역시 한국이야."

"인정하는 부분입니다."

"복귀 시간 다 되었어."

"그것도 인정하구요."

휭. 기분 좋은 여름 밤바람. 난 더운 것을 싫어하는데 여름밤은 또 좋아하는 편이다. 대조적인 상쾌함이 있어.

"야야, 저리 가."

"아… 어쩌냐."

무슨 소리지? 저쪽에서 관광객 무리에서 쫓겨난 조그만 꼬마 아이가 내 쪽으로 쪼르르 달려왔다. 원래 꽤나 고울 것 같은 머리는 며칠이나 감지 못했는지 뻑뻑하게 굳어 있고 아직 여드름 하나 나지 않은 얼굴은 만지면 내 손에 먼지가 묻어 나올 것같이 지저분하다. 내 쪽으로 모자를 내민다. 맨발이다. 신발이라도 하나 사서 신겨 주고 싶은데 시간이 없네. 애 머리를 가볍게 만져 주다 10달러를 넣어 줬다.

"내가 시간이 없어서 미안해. 누가 시켜서 구걸하는 거라면 다 상납하지는 말고, 꼭 신발 사고 목욕하고 밥 사 먹고…. 남는 돈만 주면 돼, 알겠지?"

한마디도 하지 않고 초롱초롱한 눈으로 보다가 돈을 받고 쪼르르 간다. 다람쥐처럼 참 귀엽다. 집은 있는 걸까. 그런데 집으로 향하거나 다른 사람들에게 구걸을 계속할 줄 알았던 내 예상과는 달리 우리 뒤에 있던 바이크 앞으로 가서 걸터앉은 중년 남자를 보고 히죽 웃는다. 마치 "나 잘했으니 칭찬해 줘."라는 느낌이다. 하지만 되려 바이크에 타고 있던 남자는 눈을 부라렸고, 아이는 도망치듯 이쪽으로 돌아왔다. 이제야 상황이 명백해지는군. 아이를 앵벌이 시킨 게 들켰다 이거지? 자기는 아이가 도망가는지 지켜보고. 구걸을 지시한 것을 들키면 안 되는 건데 아이가 실수로 너한테 돌아간 것이고? 더럽군. 몸을 풀 것도 없다. 아주 혼쭐을 내 주지.

"야야, 복귀 시간 다 됐다니깐."

"어차피 배로 가는 길에 있는 사람이네."

"거기까지는 인정하는 부분이구요."

척척. 바이크 앞에 서서 노려보았다. 제복을 입은 남자가 자기 앞에 위협적으로 서서 내려다보니 놀란 눈이다. 잠깐 나를 노려보더니 눈을 피했다. 너 같은 놈은 진짜…! 더 다가서려니 묵이 재빨리 붙잡았다.

"정복을 입고 무슨 짓을 하려고?"

"…"

맞다. 다른 사실들은 다 사라지고 예전 전쟁국의 군인이 가난한 민간인을 협박했다고 대문짝만하게 소문이 퍼지겠지. 제길. 이놈의 정복. 이럴 땐 너무 갑갑하다. 내가 지금 참는 것이 맞다는 것이 머리로 이해돼서 더 열 받는다. 못해서 안 하는 것이 아니라 안 하는 것이 맞는 것이라는 사실에 콧등이 찡했다. 하기는 내가 지금 뭘 해도 실상은 바뀔 게 없다. 앞으로도 이런 일이 많겠지. 그 애는 어느새 내 다리 춤을 붙잡고 눈을 말똥말똥 뜨고 내 얼굴을 바라보았다. 눈시울이 뜨끈하다. 새카맣고 넝마를 걸쳤지만, 그 맑은 두 눈은 투명하게 내 얼굴을 다 비춰 주었다. 제복을 입고 있지 않았다면 어땠을까. 일단 저 자식 턱에 한 방 먹이고, 아이를 데리고 가서 밥을 먹여야지. 그리고 얘기해야지. 너도 다른 애들처럼 살아야 한다고. 누구도 폭력에 노출되어서는 안 된다고. 힘없는 어린 여자애라면 더욱. 지금은 공부하고 놀 때라고, 구걸하면서 돈 벌지 않아도 된다고 얘기하고 싶은데. 아이의 손을 꼭 잡아 준다. 어린데 손발이 차다.

"저놈은 혼나야 되지만 우리가 할 일은 아니야."

한숨이 나온다. 뼛속까지 울분이 치미는군.

"너 말이 맞다."

아이를 바라보았다.

"힘내자, 너도 나도."

우리말을 알아들을 리가 없지만 우리말로 한마디 해 줬다.

어설픈 영어보다 내 마음이 더 실릴 것 같아서. 내 앞에서 다시는 이런 일을 보지 않도록 만들고 싶다. 꼭 잡은 손에 내 주머니의 전 재산인 53달러를 쥐여 줬다. 안 들키고 잘 썼으면. 아까 피자 한 판으로 나눠 먹을걸. 뭘 그렇게 탐욕스럽게 먹었을까.

복귀하는 길, 밤은 더 깊어졌다.

휭.

바람이 세다. 여름 밤바람. 원래 이렇게 서늘했나.

호찌민에서
인도 뭄바이까지 항해

베트남을 출항해서 인도까지 가는 길, 말 그대로 인도양을 지나게 된다. 주변을 아무리 둘러봐도 망망대해. 작은 섬 하나 보이지 않는 바다에서 그 위에 떠 있는 배란 작기 그지없다. 무한히 넓은 바다 위의 존재. 그러나 그것이 사람이 관여했다면 의미가 달라진다. 거대한 물보라에 흡수되어야 함이 당연한 철 구조물이, 파도 속에 파묻혔다가 다시 차오르고, 뒤뚱뒤뚱 흔들리고 넘어지다 용케도 중심을 잡고 제 길을 찾는다. 애초에 물 위에 뜨는 것도, 밑이 위보다 작은 역삼각형의 배가 중심을 잡는다는 것도 얼마나 신비한지.

"우욱."

… 또 한명이 토하는 군. 어쨌든 이 작은 배가 대양을 지나다보면 많이 흔들리고, 그래서 배 내부에는 여기저기 부작용이 생긴다니까. 해사 생도라 하더라도 배를 많이 탄 적이 없으니 당연하겠지. 망망대해를 떠다닌다는 말은 파도의 영향을 고스란히 배로 받고, 배의 흔들림은 또 그대로 승조원의 몸으로 받아낸다는 뜻과 같다.

3학년 때도 연안 항해(육상 근처의 바다에서 하는 항해) 실습을 한다. 이때 경험을 생각해보면 아무래도 육지가 가깝다 보니 파도가 만들어지는 규모에 한계가 있었어. 하지만 이런 대해에서는 어림도 없다. 우리의 군함은 바다가 흔드는 대로 마구잡이로 흔들린다.

"우어, 우어… 넌 여유 있어 보인다?"

"응? 나? 나는 멀미 안 해."

"휘유워어… 부러운 놈. 난 해병대 가야겠다."

"넌 해병일 수밖에 없는 피지컬이야."

나는 뱃멀미를 안 한다. 원래부터 그런 체질은 아니고…, 사실 연안 항해 실습 때는 엄청나게 토했다. 그때는 지금 탄 구축함보다 훨씬 작은 호위함을 탔다. 원래 전투함에서는 함이 좌우로 흔들리는 것을 어느 정도 상쇄해 주는 스태빌라이저 핀이라는 것이 설치되어 있다. 하지만, 그 호위함은 이 핀이 없는 것으로 유명한 함이다. 그러니까 엄청나게 흔들린다는 것이지. 그때 나를 포함한 대다수 생도들은 토하다 지쳐 쓰러졌는데, 며칠이 지나다 보니 지치는 것도 지쳐서 한번 싸워 보자 싶었다. 아무리 멀미가 나도 계속 서 있는 것을 목표로 버텼는데, 어느 순간 멀미가 없어졌다. 그 후로는 뱃멀미를 하지 않는다. 반고리관이 은퇴했나 봐.

와다다다닥.

침묵을 깨고 소음이 난다. 음 쌓아 두었던 책들이 무너졌군.

우르르르륵…, 음 저쪽도. 이렇게 흔들리는 배에서는 물건이 쏟아져서 떨어지면 다시 집는 게 참 어렵다. 배가 좌우로 흔들리면서 약간의 시차를 두고 물건과 사람이 같이 나뒹굴기 때문이다. 떼구르르…, 글을 쓰다 펜이 떨어졌다. 이렇게 구르기 쉬운 펜은 더욱 집기가 쉽지 않은데. 집어 들려고 허리를 굽히다가 역시나 중심을 잃고 버둥버둥, 쿵! 침대에 부딪혔다.

"윽."

이리 데굴, 저리 데굴. 한 박자 차이로 펜과 나는 구르기 시작했다. 익!

"이 미꾸라지 같은 노옴!"

함의 흔들림에서 벗어나기 위해 고성을 외치며 점프한다. 낙하하기 전에 다시 굴러오는 펜을 재빠르게 집어 들면서 어깨부터 떨어지며 낙법을 친다. 쿵! 사관학교에서는 유도도 가르친다.

"나이스 캐치!"

"오! 혼자 놀기 달인!"

멀미에 지쳐 내 기행을 감상하던 동기들이 여기저기서 박수와 찬사를 보낸다. 멀미로 침대에 누워 있는 자들에게 나는 흥미로운 구경거리로군.

"하하핫, 아무것도 아닙니다."

펜을 들고 다시 자리에 앉는다. 다시 조용… 그렇다. 항해 중인 배에서 멀미하는 사람이 할 수 있는 일은 없다. 운동하려 해도 흔들려서 위험하다. 갑판으로 나가서 바람을 쐬려 해도 걸핏하면 비가 내리니 바다 구경도 힘들고, 책을 읽으려 해도 이렇게 울렁거려서야 고개를 숙이고 있는 것 자체가 곤욕이겠지.

"이 정도면 파고가 얼마나 될까?"

"밖은 모르겠고 내 속의 파고는 7미터쯤…."

파고는 파도의 높이를 말한다. 그러니깐 파도가 칠 때 제일 낮은 선에서 제일 높은 선까지의 미터 거리다. 선박을 건조할 때 파고 얼마에서 활동할 수 있는지 등도 건조 기준으로 들어가는 만큼 배의 행동에 많은 영향을 미친다. 그런 만큼 배를 타는 사람은 파고를 실시간으로 확인하는데, 의외로 부정확한 것이 함 흘수 표시선 등을 이용해서 눈대중으로 파악하기 때문이다. 게다가 흔들리는 배에서 파고를 파악하는 것은 더 쉽지 않은 일이라, 작은 배에서는 파고 3미터를 외치는데 큰 배에서는 1.5미터라고 보는 등의 체감 차이가 크다.

하여튼 다들 파도에 지쳐 쓰러져 아무도 안 놀아 주는군. 심심하다! 그래. 이럴 바에는 밤바다 구경이라도 해야겠어. 간편한 복장으로 외부 갑판과 이어지는 수밀문을 열었다.

"쿠아아아…! 철퍽."

문을 열자마자 거의 나만 한 높이의 파도가 덮쳤다. 미지근하고 짜다! 일단 문을 닫자. 음, 미련하게 급작스럽게 나가려 했군. 이번에는 살짝 문을 열고 파도를 본다.

"쿠아아아…! 우르릉 쾅쾅!"

우와 바다에서 천둥소리가 나네.

"대단하군!"

내 혼잣말에 등 뒤에서 답변이 왔다.

"그러게 말이야, 감히 내 말을 어기고 이 야밤에 외부 갑판을 쏘다니 다니 말이야, 귀관도 참 강심장이란 말이지."

음, 내가 항상 두려워하던 훈육관님이다. 인도양의 파도를 보고 싶은 소박한 내 꿈은 흔들리는 비행갑판에서 기합을 받는 것으로 대체되었다. 지금 이마에 흐르는 게 땀인지 아까 바닷물인지 모를 때쯤 훈련이 끝나고 다른 동기들과 같이 취침할 수 있었다. 한참 힘을 뺐더니 잠은 잘 온다.

대성학원, 고등학생인 내가 유일하게 등록한 작은 수학 학원. 이제 3학년인데 수학만큼은 도무지 길이 없다. 솔직히 다른 과목은 같은 문제집을 몇 번 풀어 보니 감이 왔는데, 이 녀석은 당최 문제가 뭘 물어보는지도 모르겠다. 와, 좀 늦게 시작은 했지만 거의 반년 동안 진짜 열심히 공부했는데…. 방정식이 보강되었다 생각하면 미적분에서 까먹고, 미적분을 보강하면 다시 함수에서 작살난다. 역시 다른 녀석들처럼 수학을 던지고 종합 공부로 성적을 올리는 게 좋은가, 아니야 수학 비중이 너무 커. 이거 던지면 사관학교는 말도 안 돼.

고민하는 중에 결국 학원을 하나 다녀야겠다 싶었다. 수학을 잘하는 친구 놈을 따라간 학원. 따로 분류된 반도 없고 모두 몰아넣고 문제를 풀고 해설한다. 보아하니 숙제가 꽤나 있는 모양이다. 마르고 초췌해 보이는 선생님이군.

"자, 내가 하는 말 잘 듣는 것이 사실 중요한 게 아니에요. 숙제를 꼭 풀어 보고 내가 푸는 거 한 번 보고 어떻게 틀렸는지 체크하세요."

음, 첫날이라 뭐 아무것도 없으니 해설이나 들었다. 특별한 건 없는 것 같지만, 학원에서 뭔가 풀어 주는 것이 처음이다 보니 신기하다.

두 달이 흘렀지만 딱히 나아지는 건 없다. 수학을 포기하고 나머지 다 만점을 받으면 될까? 그렇지만 그게 또 될까?

"지금쯤 성적이 어느 정도 결정되었다고 학교에서 얘기들 하실 텐데요."

음. 안 그래도 오늘 선생님께 사관학교 얘기를 했더니, '지금부터 공부해서 합격은 안 되겠지만, 그걸 자극으로 공부하면 지금보다는 낫겠다.'는 이야기를 들었어요.

"연습하면 나아지는 거, 당연한 겁니다."

그래? 계속한다고 더 나아지기만 하는 건 아니라던데.

"더 풀면 더 푸는 만큼 잘 풀어지는 건 당연한 거예요. 끝까지 해요. 사실 이제 접근 방법들을 알았으면 굳이 학원에 올 필요도 없습니다. 왔다 갔다 하는 시간에 문제나 더 푸세요. 결국은 자기가 공부하는 겁니다. 남들 하는 거 볼 필요 없고, 자기가 만족할 만큼 노력하세요. 자기를 믿고, 속이지 않으면 남은 몇 개월, 절대 짧지 않은 시간이에요. 뭐 반드시 올려주는 특강, 그런 건 없습니다."

영업은 엉망이군. 그러니까 학원이 이렇게 작지. 끝까지 같이 갑시다 해야지. 시키는 대로 학원을 그만두고 문제나 풀련다.

그리고 다시 두 달 후 모의고사에서 처음으로 수학을 1등급을 받아보았다. 사관학교 1차 시험까지는 어떻게든 준비가 되었다.

간만에 고등학교에서의 꿈을 꾸었다. 그 수학 선생님이 아니었으면 안절부절못하다 공부는 관두었겠지. 입학 후 인사드리러 찾아갔을 때는 학원 자체가 없어졌다. 그렇게 영업은 엉망이라니깐. 저를 합격시키는 것도 좋지만, 학원이 번창해서 더 많은 애들에게 도움을 주셨어야죠.

인도

뭄바이

거대한 규모,
신분제가 있는 나라

까악- 까악

아직 항구도 보이지 않지만 현 측에 서 있다.

까악- 까악

아까부터 까마귀가 울부짖는다. 바다에서?

정신 차리고 보니까 어느새 육지가 보인다. 벌써? 인도는 협수로가 참 짧구나. 그리고 바다가 지금까지 보던 것과 달리 꽤 깨끗하다. 긴 항해 만큼 빨리 육지로 뛰어든다.

그리고 보니 인도에서 유명한 것
이 거리를 다니는 소 아닌가. 거리
에 이리저리 누워있는 소의 사진
등을 어디선가 보았어. 재밌겠다며
배에서 내리자마자 나를 맞이한 건
뜻밖에도 소가 아닌 험상궂게 생긴 개다. 헐, 개 오랜만.

인도의 10억 인구만큼이나, 이런 떠돌이 개들도 많다. 항구에서 시내로 나가는 길에 또 한 마리, 시내에서 가는 길에 잊을 만하면 또 한 마리. 이놈들, 인도 사람들은 동물을 전혀 안 건드리는지  나를 보고 본 척 만 척 시큰둥하다. 몇 마리는 죽었는가 싶어 건드려보다 호되게 당할 뻔하기도 했다.

생각보다 길이 멀어 택시를 잡았다. 기사님이 곧바로 가격을 제시한다.

"10 dollars."

오? 그렇게 먼가. 생각보다 비싸다.

"어… 음, 어 플리즈 레스 프라이스…, 아임 소 푸어."

인도는 영국의 지배를 받은 기간이 긴 만큼이나 영어를 잘한다. 연음이 별로 없어 듣기도 편하다. 다만 내가 영어를 못한다. 되지도 않는 흥정이 불쌍해 보였을까. 깎다 보니 3달러까지 가격이 내려왔다. 아, 이게 그 유명한 인도 바가지로군. 더 깎아 볼까? 에잉 그냥 내자. 한국은 더 비싸잖아.

시내에 일착으로 도착했다. 다음에 내린 다른 일행들이 15루피(200원 정도)를 지불하고 왔다는 이야기를 듣고 속에서 올라오는 분노와 함께 인내라는 것을 배우게 되었다. 그래서 인도에서는 택시 요금 계산법을 반드시 알아야 한다. 택시의 이동 거리에 따라 미터기가 돌아가는데, 이

게 왼편 사이드미러에 조그맣게 붙어 있다. 이것은 전자식이 아니라 일정 거리를 지나면 털컥거리며 수치가 돌아가는데, 택시에 비치되어 있는 거리-요금표를 보고, 내릴 때 가격을 지급하면 된다.

목적지는 게이트 오브 인디아(Gate of India), 인도의 문.

그런데 여기도 새로운 동물 떼가 보인다. 내 발밑에서 구구구. 그런데 그 소리가 심상치 않게 시끄럽다. 한두 마리가 아니라는 것이지. 구구구! 구국! 엄청난 소리가 울리는 쪽으로 고개를 돌렸다.

"…세상에!"

으악! 보통 숫자가 아니다! 뭐야 이것들. 영화 '나 홀로 집에'에서 이런 장면을 봤던 것 같은데…. 편안히 감상하기가 쉽지 않다. 재빨리 자리를 피했다.

게이트 오브 인디아가 유명한 만큼 관광객들이 많다. 그런 그들이 머무는 장소, 인도 최고의 호텔이라는 타지마할 호텔이 바로 옆에 있다.

하룻밤 묵는 데 최저가가 330달러라고? 전반적으로 물가가 싼 편이지만 비싼 곳은 또 비싸네. 그 호텔 주변에는 아까부터 사람을 만지작거리는, 구걸을 하는 아이들이 우글우글한다. 감당할 수 없는 인원에다가, 무언가 조직화된 움직임에 한두 번 뜯어 본 실력이 아니라는 것을 알 수 있어.

우리나라에도 도심지 주변에는 인도 커리 전문점이 하나둘씩 생기고 있다고는 하는데, 시골 출신이다 보니 아직 접해 본 적은 없다. 그래서 대도시에서 인도 전문식당을 다녀온 이야기가 참 부러웠지. 하지만 지금 난, 현지에서 맛볼 수 있다고! 인도 맛집부터 들러야겠다.

"'이 주변에서 가장 유명한 맛집을 소개해 주세요'라고 하려면 뭐라고 해야 하지?"

난 영어가 약하다.

"웨어 더 테이스티풀 플레이스 니어 바이 히어?"

아, 애도 영어가 약했지. 구걸하는 수많은 사람들을 뿌리치고 어렵게

얻은 약간의 정보에 따라 대로를 걷고 또 걸었다.

인도, 뭄바이는 풍경이 블록별로 큼직큼직하고 비슷한 곳이 많아서, 인내심을 가지고 끈기 있게 찾아야 목적지에 닿을 수 있다.

"찾았다."

Kryser 식당. 현지인에 따르면 비싸지만, 음식 맛은 좋대. 오늘 환전도 제대로 했겠다, 이제는 인도요리 이야기를 듣는 입장에서 하는 입장이 되겠군. 음! 뿌듯하다. 들어간 식당 내부는 어두침침했고, 대부분의 인테리어가 목재로 이루어져 있었다.

생각보다 사치스러운 느낌은 아니군. 현지인들 사이에 입소문이 나 있는 진짜 맛집인 모양이다. 관광객들보다는 현지인으로 보이는 사람이 대다수인 것을 보니. 근데 왜 수염을 기를까.

"메뉴 플리즈."

이 정도는 한다. 오오…, 메뉴판에는 모를 말들만 적혀 있군. 알파벳도 있는데 읽을 수가 없다. 잘 모르니 세트로 시켰다.

"수프부터 디저트까지 풀 코스로!"

1인당 한화 3만 원 정도의 가격을 내고 주문했다. 현지 물가를 고려하면 상당한 수준의 음식이 나오겠지.

시작은 호박 수프. 나는 양송이 수프가 좋지만 그런 선택 같은 건 없었다. 호박 수프도 달달하니 좋지.

"음?"

성의 눈치를 보니 얘도 느꼈다. 통상 우리가 먹는 호박 수프는 부드럽거나, 호박이 씹힌다거나, 은은한 단맛이 나는데 이것은 묘한 식감에 계피 등의 향신료를 가득 뿌려서 도저히 넘기기가 힘들다.

"신기하지 않아?"

"…뭐가."

"난 호박도 계피도 잘 먹는데 그 둘을 섞어서 내가 먹을 수 없는 것을 만들었어."

"그렇군, 이것이 연금술의 나라!"

그나마 호박 수프라 난 입에나 넣어 봤지, 성이 시킨 B 세트의 'Spice…'라는 건 살짝 맛만 봤는데도 혀가 다 아파왔다.

다음으로 요구르트, 커리, 샐러드, 난이 나왔는데 난과 커리는 맛이 있다. 바깥쪽이 살짝 타도록 구워진 난은 밀가루 특유의 향과 고소한 불 냄새의 조화가 기가 막히다. 여기에 치킨 커리를 싸서 먹었는데, 그 맛이 또 별미라서 먹다 보니 커리는 어느새 없고 난만 산적해 있었다.

요거트는 맛이 없지는 않은데 알던 것과 다르다. 플레인 요거트가 엄청나게 느끼한데 묘한 향이 섞여 있는 느낌. 아마 소젖이 아닌 뭔가 다

른 것을 재료로 한 모양이다.

샐러드 역시 실망시키지 않고 놀라움을 선사했는데, 한국에서 볼 수 있는 야채는 오이와 토마토, 무 정도였다. 여기에 알 수 없는 야채들을 '꾸밈없이' 올려 두었다. 파를 뿌리까지 통째로 올려다 두었고, 그 밑은 어슷썰기 한 무로 장식, 주변은 당근과 오이로 감쌌다. 소스 따윈 없다! 이게 80루피라. 뭄바이엔 야챗값이 비싼가? 일단 식재료니 못 먹을 건 없다. 싫어하는 오이 빼고.

뭔가 전통 밑반찬 같은 게 나왔다. 난도 남았겠다 싸 먹어 보았는데, 해서는 안 되는 행동이었다. 아주 자극적인 향이 나고, 그 강도는 건더기가 없는 것에서 많은 것 순서였다.

"음… 윽… 아악…!"

"어흐흡…!"

말해 두지만 우리는, 나는 특히 비위가 강한 편이다. 홍어도 잘 먹고, 청국장도 좋아한다. 콩을 발효시킨 음식인 것으로 생각되어 잘 먹을 줄 알고 씹었는데, 와! 세다. 향도 향이지만 알 수 없는 간도 너무 강해서 혀가 따가웠다.

살기 위해 디저트로 치즈 케이크를 시켰다. 헌데 블루베리 치즈케이크를 준다. 뭐, 맛있게 생겼지만 치즈의 향보다는 크림이 너무 많아 입 안이 진득하나. 결국 다른 음식은 다 치워달라고 하고 난만 먹어대기 시작했다. 요건 확실해!

1인당 먹는 난이 8판이 넘어가자 종업원들이 당혹스런 표정으로 눈치를 본다.

'지배인님, 괜찮을까요?'

속닥속닥.

'지배인님, 무서워요.'

속닥속닥.

아아, 마음의 소리가 들려. 하지만 맛있는걸. 마치 한식집에 가서 '여기는 공깃밥이 맛있어.'라는 느낌일까. 결국 1인당 10판으로 지배인을 크게 놀라게 해 주고 발을 옮겼다.

주택가를 지나치다 몇몇 개와 고양이를 만났다. 인도에 오기 전에는 통상적으로 길에 소가 지나다닌다는 이야기를 많이 들었다. 소를 숭배하기 때문에 어디든 돌아다니게 놓아둔다는 것이다. 소뿐만이 아니다. 인도의 신화를 보면, 대다수 동물은 신이 변화한 모습이거나 심부름꾼, 사자이다. 심지어 그 유명한 가네샤 신이 타고 다니는 동물도 쥐이고, 라마 신을 도와준 것도 작은 다람쥐인 만큼, 사소한 동물까지도 존중한다. 이에 따라 동물들이 도시에서도 잘 돌아다니는 훈훈한 면이 있지만, 쥐 같은 녀석까지도 돌아다니게 놓아두니 전염병의 원인이 되기도 한다.

사람도 다양하다. 인도에서는 길을 가다 보면 관광객을 포위하고는 작은 북을 치면서 접근하는 무리가 있다. 이들의 특징은 우리를 친구라고 칭하며, 같이 어울려 주면 결국에는 북을 판다. 맞다. 그 악기 북 말이다.

"Hey friend."

"둥둥, 둥둥."

이런 식이다. 그들은 이 북은 원래 10달러이지만 너와 나는 프렌즈이므로 3달러, 한국인이니깐 1달러에 팔겠다고 하는데, 택시 요금과 할인율이 너무나도 흡사해서 놀랐다.

12명의 북 친구를 사귄 후 1달러짜리 북을 목에 걸고 나니 밤이다. 호구가 아니라 친구가 북을 파는데 안 사 줄 수 없었다.

뭄바이는 높은 건물이 많지 않아 야경이 화려하지는 않다. 다만 우리나라에도 간간이 볼 수 있는, 관광객을 위한 놀이 마차가 있다. 한데 마차의 속도가 상당히 빠르다. 주변 택시를 앞질러서 달리는데?

"야, 인도 말들은 빠르구나."

"아니야, 저것 봐."

고삐를 쥐고 있던 아저씨는 약 백 미터를 달리면서 워워 소리를 내며 가까스로 멈추는 데 성공했다. 벌겋게 상기된 얼굴로 뛰어내린 다음에 말의 목에 헤드록을 걸어댔다.

"음, 말은 저렇게 길들이는 거야?"

"글쎄…"

한참 실랑이하다가 지쳤는지 주인으로 보였던 아저씨는 쓰고 있던 모자를 벗어 부채질을 하기 시작했고, 헤드록에서 해방된 말은 주인이 잠시 지친 틈을 타 두리번거리다가 옆에 놓인 사탕수수를 먹기 시작했다. 아차 하면서 아저씨는 사탕수수 자루로 말을 때리기 시작했고 신명 나게 맞던 말은 시무룩하게 고개를 숙였다.

모든 동물을 존중하는 인도 사회, 그 이면에는 또 다른 관계도 있었다. 날이 꽤 어두워졌어. 돌아가는 길에도 이동 수단은 택시밖에 없군. 이번에는 요금을 제대로 봐야지. 타자마자 기사님이 묻는다.

"10 dollars?"

"미터기 켜, 인마."

한국말을 아는지는 모르겠지만, 기사분은 미터라는 말에 기계를 작동시켰고 15루피로 복귀할 수 있었다.

경험만 한 스승은 없다니깐. 암.

인도 해군 방문

인도의 해군력이 세계 4~5위 정도로 아주 높게 평가된다는 사실은 의외로 잘 알려져 있지 않다. 우리? 7~10위 정도. 강한 군사력, IT 강국에, 많은 인구, 인도는 앞으로도 엄청나게 성장하겠어.

오늘은 아침 일찍부터 그 대단하다는 인도 해군을 견학하기 위해 나섰다. 인도는 아직도 카스트 문화가 강해서 해군이 되려면 어느 정도의 신분 이상이 되어야 한다. 즉, 귀족이란 말이고 거기에 대한 자부심이 대단하다. 자신감 넘치는 그들의 표정과 잘 정돈된 함정에서 자신의 신분에 대한 고집과 자존심이 느껴졌다. 거리에는 집도 없이 구걸하는 사람이 우글대는 것과는 상당히 대조적이야. 어쩌면 카스트 제도와 운명론적 문화가 이 거대한 국가의 기둥일지도 모르겠어.

군함 내부도 귀족적이다. 통상 군함에는 장식품을 잘 두지 않는다. 함에서 가장 큰 재난 중 하나가 화재이고, 장식품은 대체로 불에 탈 수 있는 인화성 재질로 이루어진 경우가 대부분이라 불필요한 물건을 잘 지니지 않는 것은 일종의 불문율이다.

또, 배는 최초 건조된 상태에서 추가적인 물건을 태울수록 무거워지기 때문에 연비가 나빠지고, 속력이 늦어지는 등의 문제점도 발생한다. 이에 따라서 군함의 경우는 생활에 꼭 필요한 물건을 위주로 두고, 굳이 장식품을 둔다 하더라도 전투에 있어 각오를 다지거나, 자긍심을 고무하기 위한 약간의 사진이나 글귀 정도가 전부이다. 그런 반면에 인도 군함에는 버젓이 배 안에 장식품이 전시되어 있다.

군함이 계류되어 있는 부대에는 박물관도 있다. 통상적으로 어느 정도 이상의 규모를 갖춘 부대에는 창설 후 남겨진 전시품들을 두거나, 그 양이 많은 경우에는 박물관을 만든다.

이 뭄바이 해군 부대 박물관 내부에는 항공모함에 배치되었던 항공기뿐 아니라, 과거에 사용한 소규모 수중 세력 침투를 위한 장비 등 다양한 무기 체계가 있는 것을 보고 새삼 세계적인 해군력을 실감할 수 있다. 우리나라도 어떤 티핑 포인트를 넘기면서 항모와 함재용 전투기 부대를 편성해야 할 텐데.

박물관의 다양한 무기 체계를 뒤로하고, 그 유명한 인도의 거리를 구경하기로 했다. 오래된 만큼 조화를 이루는 건물들과 사람들. 지저분한데 그게 매력이고 빈티 지다. 많이 낡았지만 나름 품위가  있는 한 건물에는 어떤 남자가 발을 걸치고 신문을 보고 있었다.

그 옆에 'PUBLIC TOILET'이라는 글귀가 보인다. 음, 화장실이었군. 저걸 보고 매력을 느꼈다니 머쓱하군요. 공중 화장실에서 이렇게 돈을 받는구나. 오래 앉아 있으면 눈치 주려나?

인도 사람들, 뭐 내가 만난 사람들은 어느 정도 계층 이상의 사람들이라는 제한점이 있지만, 이들의 특징은 자신들을 식민 지배하였던 영국에 반감을 크게 가지지 않았다.

인도도 우리나라와 비슷한 역사를 거치고 해방되었지만, 인도는 영국이 자신들을 발전시켜 준 나라로 여기고 있었다. 그 말을 증명하듯 영어를 모국어처럼 사용하고, 영국의 문화도 존중하는 편이다.

"왓 두유 씽크 어바웃 잉글랜드?"

"I didn't hate them like you dislike Japan. They gave us too many things."

아마 두 가지 이유가 있는 듯한데, 하나는 모든 인과 관계를 필연으로 수용하는 종교가 기저에 있기 때문으로 판단되고, 두 번째는 나와 접촉한 이들은 모두 어느 정도 이상의 신분이기 때문인 듯. 일제 강점기 기간에도 잘 살아온 가문은 일본에 별 불만 없다. 그래서 상대적으로 부를 이어받지 못한 거리의 사람과 이야기하고 싶었지만, 그것은 거의 불가능에 가까웠다. 가까이만 가면, 'Hey friend. I love Korean. These goods are very…'라며 외치는 친구들이 우르르 모여드니 말이다. 당신들의 목적은 알겠지만 이제 북은 이미 하나 있어서 괜찮다고 하면 영화 CD는 어떠냐는 수십 명의 인도 친구들이 또 온다. 결국 이들에게 쫓겨 식당으로 도망쳐야 했다.

"용서해줘! 아까 너가 파는 북 내가 샀잖아!"

인도에서는 거지들에게 쫓기게 되는 경우가 허다한데, 그럴 때는 식당이나 호텔로 대피하는 것이 최고의 방책이다. 여하튼 점심때구나.

어제와는 달리 좀 현대적인 식당이다. 일단 배가 고프니까 빨리 먹을 수 있게 치킨 슈마이를 시키고 읽을 수 없는 글자를 가리켜 볶음밥과 소스를 한가득 시키는 데 성공했다. 냄새가 기가 막히다. 시킨 김에 레몬 음료도 준비하고. 그래도 어제의 트라우마가 있는지라 조심스럽게 접근했다. 슈마이부터 살짝 떠서 먹었다. 오! 그토록 기대하던 아는 맛의

그 슈마이다. 냠냠. 누구나 예측할 수 있는 맛이 별미인 경우도 있어.

볶음밥은 중국, 베트남, 여기 인도까지 모두 담백한 맛을 자랑한다. 한국인들이 이쪽 볶음밥을 잘 먹는다지. 이 길쭉하고 찰기가 없는 쌀이 볶음밥에 참 잘 어울린다. 포인트를 주기 위해서 소스를 같이 주는데, 이게 아주 조심해야 한다. 일단 Spice라는 단어는 반드시 제외한다. 정 모르겠다면 최대한 값싼 것을 시킨다. 싼값만큼 피해야 할 향신료가 적게 들어가기 때문이지. 어떻게 된 게 손을 많이 댈수록 요리가 위험해지냐.

다음으로 'America 어쩌구' 등의 왠지 서구식처럼 나와 있는 음식을 시키는 것이다. 그래도 그건 느끼함의 정도 여부이지 먹고 못 먹는 단계는 아니거든. 그런 기준으로 결국 뭘 시켰는지 이름도 모르겠지만, 튀긴 면발 같은 것과 버무린 탕수육 소스 비슷한 것들이 나왔다. 바삭바삭한 것이 과자 같은데 의외로 포만감이 대단하다.

치이익!

바로 옆 테이블에서 뭔가 지글지글 끓으면서 달콤한 초코향이 코를 찔렀다. 우와, 저게 뭐지? 디저트인 모양인데. 당장 같은 걸 달라고 소리쳤다. 정식 명칭은 Sizzling brownie sundae. 척 봐도 초코+땅콩+빵과 아이스크림의 조합인걸. 그래도! 그런 게 그렇게 그리웠다고! 식상한 만인의 맛! 뜨겁게 달군 철판에 네모난 초코 브라우니를 얹은 것, 그 위에 아이스크림을 얹은 것이 나왔다. '아까 그 맛있어 보이던 초코는 어디…?' 라고 생각할 때쯤 웨이터가 따끈따끈한 액상 초코를 철판 위에 뿌렸다.

치이익! 소리마저도 달콤하다!

그래 바로 이거야! 으음, 이 초코향! 정말 사랑스럽다. 너무 맛있어 보여서 감탄사를 날리는데 너무 주변에 많은 추태를 보였으므로 민망한 나머지 우리는 위장용 전략을 펼쳤다.

"스고이!"

"오이시네!"

"와따시아 강코쿠데스네."

"어차피 우리 정복에 태극기 있어, 멍청한 녀석들아."

…그래, 신분을 숨기는 것은 불가하니, 박력이라도 보여주자, 이 위대한 동기들아! 무차별 숟가락 공격을 퍼부어 주자. 읍, 달다. 초코가 너무 달다. 그리고 뜨거워! 위의 아이스크림을 반사적으로 떠먹게 되면 입안 가득한 시원함. 또 앗 뜨거! 시원해…, 한참 그러다 보니 어느새 바닥을 박박 긁고 있는 나를 발견했다. 왜 계속 그렇게들 봐요? 부끄럽게.

식당을 나와 걷기 시작했다. 웨일스 왕자 박물관이군.

그러나 들어가진 않았다. 왜냐면 가고 싶은 곳은 많은데 시간은 부족하고, 그 부족한 시간을 쪼개서 깐깐한 아저씨와 오랜 대화 후 표를 끊고 들어가고픈 생각은 전혀 없었거든. 왠지 인도 공무원들은 무언가 까다롭고 불편한 인상이 많다.

오늘은 이 타지마할 호텔 주변을 벗어나 CST 역 근처로 가기로 했다. 가는 길 내내 날씨가 아주 좋았다. 인도가 여행지로 많은 추천을 받던데 아마 그 이유는 이 꾸미지 않은 자연스러움에 또 오래된 고풍스러움을 간직한 이미지를 가진 거리가 한몫하지 않을까? 여하간 가는 중에 구걸하는 사람들을 만나서 정복을 더럽히고 도색 서적을 권하는 아저씨 등의 비생산적인 이야기를 생략하면…, 역에 도착이다. 혼자서는 좀 무섭겠는걸.

하지만 다시 봐도 멋지군. 그래. 멋져! 인도 여행 내내 이렇게 멋진 건물들만 보니까 클래식의 매력이 다시 느껴진다. 현대화된 것들은 시간

이 지나면 세련미를 잃는 반면에
이런 고풍미를 갖춘 것들은 오히려
오래될수록 빈티지의 또 다른 매력
이 생긴다. 비록 영국이 점령하면
서 만든 것들이지만 무작정 철거하
지 않고 자산으로 잘 이용하는 모
습이 실리적으로 보인다.

한참 감탄하다가 입을 벌리고 있
다는 것을 깨달을 때쯤, 어떤 남자
가 의도적으로 슬쩍 건드리면서 지나치는 것을 느꼈다.

소매치긴가. 역시 위험하군. 그런데 뻣뻣하게 있다. 어? 도망 안 쳐?

"Marihuana?"

"하…! 더 위험한 녀석이구나. 많이 화나."

"Oh, good friend, wait."

내 라임 드립에 그는 진심으로 주머니에서 무언가를 꺼내기 시작했
다. 에비, 그게 아니라 화난다고. 손사래를 쳤다. 노노!

"Then, how about Zigi Zigi?"

그는 지기지기라는 동작과 함께 손을 아래위로 포개어 비비는 동작
을 보여주었다. 평생 처음 듣는 말과 동작이지만 알아듣는 나 자신이
슬프군. 불법 장사꾼을 뒤로하고 그렇게 기대했던 거리를 활보하는 소
를 만났다. 진짜 소가 돌아다니네?

한국의 소와는 좀 다르다. 더 마르고 코가 쭉 뻗어 나와 날렵하게 생긴 데다가 흰색이라 그런지 우아한 느낌까지 있다.

인도에서 다른 동물보다 특히 소를 숭배하는 것은 아무래도 그들의 신화 속 신과 관련이 많다. 인도의 3대 주신이라 하면 통상 브라흐마, 비슈누, 시바를 말하는데 이 중 시바 신의 현신이 바로 소이기 때문이다. 특히, 이 시바 신이라는 분이 대단한 것이, 같은 신이지만 브라흐마의 5개 머리 중 하나를 베어 버릴 정도로 강력한 무력을 자랑하고, 파괴의 신으로도 유명하지만 부와 행복을 주기도 하여, 엄청난 인기를 자랑할 수밖에 없는 신이다.

그런 시바 신의 현신이 지금 이 순간 내 흰 정복에 뿔을 비비려 하고 있다.

휙휙.

"시바, 안 돼, 세탁은 안 돼."

이리저리 피하다가 목을 다른 방향으로 슬쩍 돌려주었다. 놀랍게도 그 방향은 사탕수수 짚단을 파는지 정리하는지 적재되어 있는 곳이었고 소는 그 방향 그대로 가서 짚단의 주인으로 보이는 남자가 말릴 여유도 없이 한 움큼 씹어 물었다.

말이든 소든 끌어들이는 사탕수수, 당신의 매력은 대체….

짚단을 정리하던 남자는 순식간에 일어나서 잘 묶인 짚단을 번쩍 들어 격렬하게 소를 후려치기 시작했다. 아아! 시바여! 당신을 폭행하는 것이 아니라 농작물을 타작하는 것이겠지요?

퍼억 퍼억. 까악 까악.

까마귀가 흐트러지듯 날아오른다. 신비롭다. 인도의 이 모든 것들이. 날은 또 어두워지고 가야 할 날은 금세 또 다가왔다.

다음 기항지는 이집트.

이제 11일간의 항해를 또 준비해야지.

인도의 해군들이 우리를 배웅해 주었다. 해군들 그 뒤에는 엄청 큰 총을 멘 경비원이 순찰한다. 사이즈는 M1만 한걸? 과거의 유산이지만 크기가 크니 꽤 위협적으로 보인다.

현 측에 서 있으려니 실잠자리 한 마리가 어디선가 날아와서 앉아 버렸다. 이 녀석은 열흘 뒤 이집트의 잠자리가 되겠군. 실은 우리 배는 이미 두 마리 새의 국적을 한국에서 중국으로 바꿔 버리고 한 마리 나방을 베트남으로 보내 버린 과거가 있다.

빠앙! 기적이 울린다. 또다시 출항이다.

뭄바이에서 이집트 알렉산드리아까지 항해, 인도양 귀신 이야기

나는 아무래도 보통 대한민국 남성에 비해서 군 경험을 많이 한다. 군대 경험담 중 빠질 수 없는 것이 바로 귀신 이야기 아닐까. 역술가들의 말에 따르면 군대는 음기가 강하여 귀신이 머물고 있기 쉽다고 한다.

육군의 경우에는 경계 초소 동초(돌아다니면서 순찰하는) 근무 중 어느 특정한 구역이나 건물에서 실제로 귀신을 볼 수도 있고, 사람의 형상과 비슷한 미확인의 무엇인가를 보고 기절하는 사례가 많은 데 반해, 해군의 경우에는 상대적으로 적은 편이다.

아마 그 이유는 귀신 얘기를 했다가는 귀신이 안 보일 때까지 버텨내야 하는 모진 무엇이 귀신보다 더 무서워서 그런 거 아닐까.

"함⋯ 함장님 귀신을 보았습니다!"

"오⋯? 안 보일 때까지 너 당직."

뭐, 실은 해군이 인원이 적고 사람들이 좁은 공간에 많이 모인 함정 근무가 많으니까 그럴 경험이 적은 것이겠지만.

여하간 이번 이야기는 다 같이 당직 근무 중 일어난 일이라 신뢰도가 높고, 그 가치가 더욱 빛난다. 일단, 지금 내가 타고 있는 배는 대한민국이 자랑하는 세계적인 고급 군함이고, 그 장비 역시 일류라는 것을 밝혀 둔다. 특히나 군함은 일반 함정과는 달리 오차를 보정하고 혹시 모를 고장이나 비상사태를 대비하기 위해서 레이더를 겹겹이 배치하고 통신 장비 및 채널도 아주 많이 준비해 둔다. 수백 해리 밖의 물체도, 눈앞의 물체도 감시할 수단이 각각 있으며, 40배율 쌍안경 2개와 10배율 쌍안경 4개로 눈에 불을 켜고 항해하는, 그런 군함이었다.

때는 바야흐로 9월 말, 수에즈 운하를 통하여 이집트로 향하는 중이었다. 이날은 달도 그리 밝지 않은 밤이라 배의 선수도 캄캄했다. 망망대해의 검은 바다를 건너는 상황에서 바람도 파도도 잔잔한 어두운 그런 상태란 어떻게 보면 항해하기 편하고, 어떻게 보면 심심한, 그런 바다였다. 함교에서는 서로의 얼굴도 보이지 않는 어둠을 유지하며, 아무것도 없는 검은 물결이 움직이고 있는 바다를 주시하고 있었다. 그때였다.

삐-보 삐-보 삐-보 삐-보!

갑작스럽게 터친 꽤나 큰, 병원 사이렌 소리와도 비슷한 알람이 들리기 시작했다. 처음 듣는 장비 소리라 퍽 당황스럽다. 뭐지? 함이 움직이는 방향을 권고하고 전반적인 항해를 지원하는 조타사가 얘기했다.

"조난 신호입니다."

조난 신호?

견시의 보고도 없고, 레이더 상 수백 킬로 내에도 아무런 접촉물이 없다.

"오작동인가?"

"통신기 장비 상태 확인 결과 정상!"

알람은 계속 울린다. 누군가 계속 호출한다. 그러나 호출자 정보가 없다. 형식도 없다. 통상 통신망으로 누구를 부를 때는 상대, 나는 누구…, 내용 순으로 이루어진다. 이것은 무전기는 물론이고 어떤 통신 장비에든지 적용되는 규칙이다.

치지직…. 칙….

무언가 말소리가 들린다.

"호출이 아니라 통신인데?"

굳이 호출과 통신을 분류해서 이야기한다. 부르는 게 아니라 일방적인 메시지를 송신 중이라는 뜻인가 보다. 다시 조난 신호 알람이 울린다. 고음의 소리가 신경질적이다.

"대체 무슨 소리가 나는 거야!"

갑자기 알람이 뚝 끊긴다. 조용하지만 분명한 말이 흘러나왔다.

"Don't forget your life jacket…."

함교 당직자 총원은 일제히 자신의 몸을 내려다보았다. 음, 내 구명조끼, 잘 차고 있어. 좋아. 이 와중에 안도했다. 레이더 스케일을 아무리 돌려도 주변에 조난 신호를 보낼 곳은 없다.

"당직 사관님, 이게 어떻게 된 걸까요?"

"당직 태도 철저, 타수 타 잘 잡아!"

"옙! 당직 태도 철저!"

"타 잘 잡아!"

"스피커 음 줄이고. 조함에 방해된다."

음…! 귀신, 혹시나 공포감을 조성하는 것이 목적이라면 다음에는 일반 선박에 도전하는 게 좋을 것 같아.

이집트

알렉산드리아

이집트 수에즈 운하, 이집트의 입구

"쿨럭쿨럭…"

이런, 바보같이 감기에 걸려 버렸다. 그동안 더위 때문에 배 안의 공기를 환기시키지 않고 에어컨을 작동해서 그런가? 사람보다 장비가 먼저니깐 냉방은 멈출 수

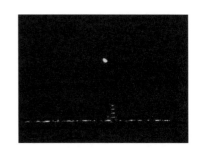

없다. 한가하게 외부로 나가서 해와 바람을 맛볼 시간도 사실 충분하지 않고.

그나저나 이집트 감기는 꽤나 독하다. 목이 건조하고, 코도 막힌다. 벌써 육지 하나 못 보고 9일째 함정 안에서만 생활 중이다. 배를 꾸준히 타지 않았던 사람들에게는 선박 환경이 썩 익숙하지 않다.

"답답해."

밤에 외부로 나가는 것은 금지지만 잠깐이라면 괜찮겠지. 갑판으로 나왔다. 수에즈 운하를 둘러싼 옆의 사막의 밤.

"경치 조오타."

더울 줄 알았는데, 꽤나 시원하다. 그러고 보니 사막의 밤은 영하까지 내려간다지? 그나저나 육지가 보이는구나. 어느새 수에즈 운하까지 왔어. 샛노란 달이 운치 있다. 한국에서 보던 달과는 느낌이 다르군. 사막, 왠지 낭만적이다. 이 어두운 밤에 낙타를 타고 긴 행렬이 지나가고, 노란 낙타와 노란 달빛, 노란 모래사막에 발자국을 남긴다.

사박사박….

"여어, 낙타 양반, 어딜 가십니까?"

"푸릅…"

낙타가 날 보고 침을 튀기며 웃는다.

"등의 가방에 든 것은 물이 아니라 기름이죠?"

푸푸푸…, 즐거워 보이는 표정.

"제 배에도 그런 기름이 있습니다. 이것은 항해용이죠. 이런 장기간의 항해를 위해 어릴 때부터 모아 왔어요."

경상남도 진해, 해군사관학교 1차 시험을 치르기 위해서 처음으로 들른 이곳. 인터넷 홈페이지에 게시된 과년도 시험 자료를 보고 혼자 풀어 본 결과는 처참했다. 이걸 풀 수 있다고?

1차 시험장은 생각보다 긴장된다. 낯선 환경에 엘리트같이 생긴 아이들이 가득하다. 시험을 치르다 보니 한두 명씩 엎드리기 시작했다. 벌써? 나만 앞으로 뒤로 바쁘다. 풀 수 있는 건 다 풀 거야. 다 안 풀고 떨어지면 더 후회될 것 같아.

합격 문자가 온 것은 약 일주일 뒤였다. 공부 잘한다고 은근히 나를

무시하던 옆 반 녀석은 떨어졌단다. 똑똑한 것보다 끈질긴 것이 낫다는 것을 확인한 그 날.

사막의 밤은 꽤 긴 시간을 사색하게 만드는군. 밤을 꼬박 새우고 해가 뜬다. 당직의 시간이다.

함교에 올라가니 수에즈 운하의 모습이 그대로 나타났다. 사막이다. 사막은 왠지 날 홀리게 한다. 운치 있잖아. 어젯밤이 생각나고, 어릴 적이 생각나.

"전방 항모 추정 선박 조우."

음? 갑작스런 보고가 갑자기 날 현실로 잡아당겼다.

항모, 즉 항공모함. 바다 위의 국가이자 움직이는 전투기 발진 기지. 적의 해군과 공군으로부터 간섭을 배제하고, 바다와 공중에서 자유롭게 움직이기 위해, 제해권과 제공권을 장악하기 위해서 필요하지만, 실질적으로 우리나라에서는 그만한 전투기도, 전투기 조종사 양성도 쉽지 않다고 한다. 항모가 움직이기 위한 연료만 해도 엄청난 비용이 드는 것도 물론이다. 핵 기술이 기반이 되었으면 한다. 언젠가는 우리에게도 저런 시대가 오겠지?

일단 관찰 시작.

자세히 보니 항모가 아니라 강습 상륙함인 LPH이다. 크기는 경항모 급이지만. 어떻게 구분하느냐고? 헬기만 있고 전투기가 안 실려 있잖아. 활주로도 없고. 간혹 우리나라 사람들도 LPH인 독도함을 경항모라고 생각하는 사람들이 있는데 항모와 대형수송함, 강습 상륙함은 전혀 다르다. 애초에 만들 때부터 목표로 한 탑재기가 다르기 때문이다. 옥상에 헬기 이착륙 공간이 있는 것과 공항에 비행기 활주로가 있는 것만큼 재질과 장비 등에서 차이가 난다. 수직 이착륙 전투기라 하더라도 웬만한 LPH의 갑판은 녹아 버린다.

음, 일단 미국 것은 확실해. 한데 예의가 없군. 원래 타국 군함이 나라를 지나갈 때는 자국의 국기와 동일한 크기의 타국의 국기를 게양하는 것이 매너인데 아랑곳하지 않는군. 출항해 나가는 길이라 그런가. 그렇다면 미안.

새삼 실감하는 팍스 아메리카나. 사상 최강의 국가, 하지만 때로는 그 위용에 못 미치는 행동. 조금만 더 타 국가에 대한 매너와 그들이 원하는 지도자적 국가로서의 리더십도 신경을 써 준다면 얼마나 멋있을까.

여하튼 수에즈 운하가 크기는 크다. 사막과 함께 펼쳐진 운하는 그 끝이 보이지 않는다. 아! 사막의 천막이다. 멋지군.

나는 왠지 사막의 유목민이 멋져 보여. 사박사박 사막의 모래를 밟으며, 밤에는 그 눈 부신 별빛을 보며 철학하고 세상을 탐구하겠지. 내가 이렇게 바다와 풍경을 보고 많은 생각에 빠진 것도 얼마 만인지. 가까워질수록 세세한 것들이 보이기 시작한다. 기대했던 낙타는 보이지 않고 차들만 다닌다. 먼지 구름 뭉게뭉게.

운하 주변에는 이것저것 건물도 보이고 예쁜 시설도 보인다. 흠, 건물이 제법 멋진걸.

역시 사막에는 저런 멋이 있어 줘야 한다니까.

"얌마, 당직 안 서?"

휴….

"당직 사관님, 저는 엄청난 비용으로 현재 고생하며 한국에서 출발하여 지금 이집트까지 왔습니다. 우리가 국민의 혈세로 이렇게 먼 거리를 그것도 최신예 함정을 타고 온 이유가 무엇이겠습니까? 임관 후 계속해서 서게 될 당직 때문에? 아닙니다. 물론 초급 장교로 가는 길의 기본적인 정신적, 육체적인 수련의 과정
임은 틀림없는 사실이지만, 존경
해 마지않는 총장님께서 주신 과
제인 물리적·역사적·군사적·문
화적인 측면으로 세계를 고찰하
고 연구하기 위함이 보다 큰 이유
가 아니겠습니까. 첨단 기동군을 지향하는 한국 해군의 국방 개혁 비전
을 참고해 볼 때 관찰하고 기록하는 저의 행동은 다각도에서 긍정적인
효과를 낳을 것이라고 사료됩니다."

"자이로 잡아."

"라져…"

나의 30초에 걸친 연설이 3초 만에 잘린 후 약 5분쯤 흘렀을까. 아랍
풍의 건물이 등장했다.

오…! 사진, 사진!

"야 인마!"

퍽! 음…, 상당한 로우킥이군. 폭력이 동원된 이상 더 이상의 수에즈
탐구는 불가능했다. 아름다운 사막을 즐기지 못하는 낭만 없는 사람,
그러나 사진은 찍었다. 제가 이긴 겁니다.

사천 년의 역사와
함께하는 나라

　끝이 존재할까 의심스러웠던 수에즈 운하를 통과하여 이집트의 항구 도시 알렉산드리아에 도착했다.

　수에즈 운하는 정말 길고, 통행료도 비쌌다. 어느 정도냐 하면 우리 배 한 척 지나가는 것만 2억 원 남짓 들었다. 이집트가 순수하게 수에즈 운하로 벌어들이는 수입이 연간 70억 달러 정도라 하니.

　심지어 기름 나오지, 가스 나오지, 경치 오지지…. 그런데도 이집트가 부자 나라가 아니라는 점이 피라미드보다 더 큰 불가사의인데?

　어? 들어가는 입구에 배가 좌초되어 있다.

　왜 안 건져내지? 여기저기 돌아보니 한두 대가 아니었다. 수심이 낮아서 그런지 완전히 가라앉지는 않고, 물이 찬 부분만 침몰되어 여기저기 방치되어 있다.

　신기하게도 항구에는 조선소가 아닌 부유식 도크에서 수리하는 배와, 부표인지 갈매기 집인지 알 수 없는 것들이 즐비해 있었다.

　이런 독특한 장애물들을 지나오면, 드디어 항구가 보인다.

　이집트 알렉산드리아. 별명이 지중해의 진주인 만큼 바다색이 아름답다. 이집트에서 카이로 다음으로 큰 도시로 한국으로 치자면 부산과도 같은 곳이다. 지중해를 접하고 있어 왼쪽으로는 그리스 등 유럽에, 오른쪽으로는 터키와 이스라엘에 금방 닿을 수 있다. 그리고 보니 우리가 지나온 수에즈 운하의 바깥쪽, 즉 사우디아라비아를 끼고 온 바다가 그

유명한 모세께서 로마군을 피해 지나가기 위해 갈랐다는 홍해였단다.

입항과 함께 파란 유리창과 초록색 식물들이 잘 조화를 이룬 건물이 보인다. 휴, 지금까지 항구 중 가장 깔끔한데?

그 와중에 흰색 정복을 입은 각 잡힌 남성들이 딱딱하고 경직된 분위기를 조성한다.

"저 앞에 경비원 같은 사람들은 누구지?"

"음? 아, 이집트 경찰 말이군."

"경찰들이 헌병처럼 서 있네. 분위기가 좀 살벌한가 봐?"

"80년대에 이집트 대통령이 암살당한 것은 알지?"

나는 가장 수줍으면서도 맑은 눈동자로 그를 바라보았다. 그렇다고 나처럼 무식한 녀석이 이 해군의 간부로 자리 잡고 있음이 무척이나 통탄한 일이며, 국가적 손실임을 설명할 필요는 없어, 친구.

"여하간 지금까지 계엄이 종종 발생하고 있어. 시내 가면 더 많이 보겠지?"

그렇군. 그렇게 말하니까 왠지 긴장되는데.

배에서 내려 걷기 시작했나. 시내 구경부터 좀 해야겠다. 거리까지는 걸어서 약 20분쯤 걸렸는데, 꽤나 복잡했다. 특히 도로에 횡단보도라는 개념은 없었다. 차도에 사람들이 자유롭게 돌아다니고, 운전자는 또 익숙한 듯이 피해서 운전했다.

"사람은 관광객만 보이고 이집트인은 별로 없네."

"그건 라마단 기간이라 그래."

아하, 라마단. 우리말로는 금식. 이슬람력으로 아홉 번째 달에 약 한 달간 금식하는, 무함마드가 코란의 첫 경구를 계시받은 날이라 한다. 이 라마단 기간에 내내 안 먹으면 죽겠지? 그러니깐 아침 6시부터 저녁 6시까지만 금식 시간이다. 이 시간 동안은 물도 마시지 않는단다. 따라서 저녁 5시쯤 되면 식당가에 사람들이 끝없이 줄 선 모습을 볼 수 있다. 여하간에 12시간을 굶은 사람들과 경쟁할 자신이 없다면 저녁을 좀 일찍 또는 늦게 먹어야 한다는 것이다.

다그닥 다그닥.

음? 말이다.

"Hello, Korean."

귀도 크고 잘생긴 말이다. 눈을 가려뒀네. 잘했어, 저래야 사탕수수를 탐하지 않을 것이야. 이유야 어쨌든, 한국인임을 바로 알다니, 기특한 아저씨다. 용건이 무엇이죠?

"10 dollars."

아, 바로 흥정에 들어왔다.

"노노, 노 땡스."

"5 dollars."

"놉, 아임 매드 포 월킹."

불쌍한 아저씨는 끝까지 따라오면서 1달러까지 승마 가격을 낮추었지만, 인도에서 단련된 거절 실력은 이를 허락하지 않았다. 눈빛이 시무룩하시네. 미안해요, 아저씨. 근데 흰옷 입은 사람에게 말타기를 권하는 건 아니라고 봐요.

알렉스 탐험

시장을 쭉 따라 걷다 보면 무함마드 알리의 동상이 나오는데, 이것은 내가 이 도시의 중앙부까지 왔다는 의미다.

"이 아저씨 권투도 무지 잘하지 않아?"

웃으면서 옆을 돌아보았을 때 그 경악하는 표정을 보고, 이들이 내 말을 진심으로 들었다는 것을 알 수 있었다.

"…는 훼이크고, 이 알렉산드리아를 정리하신다고 고생하신 분이잖아. 동상을 세워 둘 만큼 위신이 좋구나. 하하하!"

얘기를 하다 보면 사람들이 내 혼잣말을 너무 진심으로들 잘 받아들인다는 점이 새삼 놀랍다. 워워, 그래도 나 그 정도는 아니야.

어쨌거나 이 알렉산드리아는 당연히 알렉산더 대왕의 이름을 따서 만든 도시다. 그가 정복했던 그 많은 도시 중에서 지금까지 알렉스라는 이름을 유지하는 곳은 전 세계에서 두 곳뿐이다. 그중에서도 그나마 유물이 상대적으로 많이 보존되어 있는 곳이 이곳, 이집트의 항구 알렉스이다.

어디를 갈까 하는 회의의 결과는 폼페이 유적을 보러 가자는 것으로

의결되었다. 라마단 기간이라 대다수 4시 안에 문을 닫는데, 폼페이 유적은 5시까지 관광을 허용한다니까. 지금은 오후 3시이니 다른 수가 없잖아? 재빨리 움직여야지.

다급한 마음에 지나가는 택시를 잡았다. 그런데 뭐라고 해야 하지? 기사 아저씨는 방실방실 웃으면서 뭔가 기다린다. 목적지를 말하면 알겠지?

"폼페이."

"…"

내가 또 무언가 실수한 모양이지만 그렇다고 잃어버린 아들을찾은 듯한 평온한 얼굴로 바라볼 필요는 없을 것 같은데 아저씨. 문장을 좀 더 완성해 보자.

"고 투 더 폼페이."

"…"

아하! 그러니까 영어도 못하고 폼페이도 모른단 말이지?

시간 없는데. 책자에 소개된 폼페이 사진을 보여 줬다. 그러자 '아–' 하고 뭐라고 발음했는데 그게 이집트식 폼페이의 발음인 듯했지만 알아듣기는 무리였다.

"하우 머치 포 고 데어?"

멀뚱멀뚱. 그러니깐 그런 시선으로 보지 말라니까.

"얼마 드냐구요?"

한 2달러쯤 들겠지 싶어 손가락으로 브이를 만들어 보였다.

"투 달러?"

그러자 기사 아저씨도 브이를 만들어 보였다. 빅토리?

이제는 화가 치밀어! 그런데 아저씨는 사람 좋게 웃더니 손가락을 하나하나 펴면서 수를 세었다.

"20달러어?"

맙소사, 이건 너무하잖아.

"노! 아유 키딩?"

그 아저씨는 여전히 모르겠다는 시선으로 나와 눈을 마주했다. 우리는 마치 오랜 연인처럼 그윽하게 서로의 눈을 한참 동안 바라보던 중 나보다 더 답답했는지 아저씨는 지갑에서 돈을 꺼내 보여 주었다.

"아- 20LE."

그러니까 이집트 파운드로 20. 1LE는 한국 돈으로 약 26원 정도. 2달러보다 훨씬 저렴하군. 갑시다.

이집트 택시는 아주 거침이 없고 사람을 치는 것을 두려워하지 않는다. 정말 그 어떤 놀이공원의 그 무엇보다도 스릴 넘친다. 몸이 거의 공중에 떠서 간다고 보면 정확하다. 막 멀미가 나려고 할 때쯤 커다란 울타리가 보이고 그 위로 삐죽 솟아있는 폼페이 기둥이 보였다.

들어가려니 앞의 경비원이 막아섰다. 응? 왜?

"Close time is 4 pm. You are late."

시계를 보니 세 시 반이다. 책자에는 다섯 시에 닫는다고 쓰여 있다고! 따지고 싶다! 하지만 허리춤의 총을 보니 차분히 대화를 통해서 이 상황을 정리하는 것이 맞는 것 같군.

"쏘리, 벗 아이 원트 저스트 어 미닛…."

물론 몇 분 만에 다 보고 올 리 없고 마칠 시간이 돼도 꼭 볼 것이 있으면 늦을지도 모르겠다는 생각이 들었지만 일단 흥정을 시작했다. 일단 입장해야 빨리 보든 조정하든 하니깐.

"20 minute is enough?"

오, 역시 통한다니까. 엄지손가락을 올리며 말했다.

"퍼펙트!"

"You must out until…."

"크리스탈 클리어!"

말이 끝나기 전에 끊고 들어갔다. 넌 인마, 총만 없으면 아주 혼나 인마!

이게 폼페이 기둥과 유적이구나. 고고학에 별로 지식이 없다 보니 잘 은 모르겠지만, 재질이 화강암의 종류라는 것은 알겠다.

저 폼페이 기둥은 사실 폼페이우스와는 별 관련이 없는데, 디오클레 티아누스 황제가 알렉산드리아의 반란을 진압하고 기념으로 세운 것이 라 한다. 그보다 주목해야 할 것은 재료인 화강암이 주변에는 없어 적어 도 수백 킬로미터를 운반해서 만든 것이라 하니, 황제의 권력을 증명한 다고 할 수 있다. 어쩌면, 반란군에게 벌로 구해 오라고 시켰을지도…?

두 바퀴를 돌고 나니 3시 50분이다. 약속을 어길세라 경비병이 다가 온다. 물론 허리춤의 총도 함께. 더 보려고 해도 워낙에 더워서 쉽지 않 다. 네네, 갑니다아.

해가 기울면서 날씨도 좀 걸을 만하다.

　부산 국제시장을 이집트 버전으로 바꾸면 이런 느낌이려나. 아랍어
가 신비로운 느낌을 주지만 해석하면 '콜라 얼마', '과자 있어요.' 그런 것
이겠지?

　해는 더욱 저물어 저녁. 시원한 시간대를 기다린 나뿐 아니라 라마단
을 이겨 내는 현지인들도 저녁 6시를 바라지 않았을까.
　LED 장식과 네온사인이 반짝이는 우리나라의 밤과는 다르지만, 소
박한 사람들의 정성이 깃든 빛들이 모여 있다고 생각하니까 또 다른 매
력이 느껴진다. 한참 구경한다. 정성 들여 전구에 색을 씌우고 구형상물
에 글을 새겨 넣고…, 불빛들이 알알이 색을 내고 서로 만나지만 색끼리

다투지는 않는, 조화로운 어지러
움이다. 그런가 하면 여기저기선
사람들이 정신없이 불러댄다.

"Welcome!"

"Where are you from?"

띠용? 시장 구석에 염소도 키
운다. 자연스러웠어.

그나저나 나도 라마단 때문에 식당이 전혀 문을 열지 않아서 굶고 있
었잖아? 저녁은 먹어야지. 근처에 전통 식당도 없고, 있다 싶어서 다가
가면 물담배를 피우는 남자들이 가득하다. 불량스러워. 저건 흡연이라
기보다 마약 하는 느낌이 강해.

결국 오는 길에 봐둔 KFC로 향하게 됐다.

"슈퍼 패밀리 세트!"

"Okay, super family set one?"

"노, 이치 포 이치 맨."

1인당 그 정도는 먹어야지. 두 끼인데. 종업원은 닭이 12조각에 모닝
빵 8개, 그 밖의 사이드 디시가 있다고 말렸지만, 나는 별로 개의치 않
았다. 먹어 봤거든, 우리는. 게다가 지금은 오랜 라마단으로 인해서 전
투력이 최상이다.

음식이 나오자마자 거의 통째로 뜯어 먹기 시작했다. 와구와구. 오랜
만에 이런 걸 먹었더니 아주 꿀떡꿀떡 넘어간다. 내 손이 좀 느려진 것

은 약 닭 8조각과 모닝 빵을 모두 먹고 감자튀김을 한 봉지 먹었을 때쯤이다. 정신을 차리고 나니 시력이 돌아온다. 그리고 건너편 테이블이 보였다. 방실방실 4명의 여성이 이쪽을 보고 웃고 있었는데 어머니와 딸들인 것으로 추정되었다.

갈색 모자를 쓴, 살짝 힙합스러운 여성 한 명을 제외하고는 모두 두건으로 머리랑 목만 가렸다. 저게 히잡이군. 그런데 그 갈색 모자 아가씨가 생글생글 웃음을 지으면서 계속 바라보는 것 아닌가. 하긴 동양인 해군 정복이 얼마나 신기하겠어.

어떻게 보면, 나처럼 생긴 사람에게는 참 잘 안 일어나는 숭고한 찬스이지만, 꽤나 위험한 행동 아닌가. 정복 차림으로 헌팅하다가 훈육관님에 의한 순직으로 인생을 마감할 수는 없지. 일방적으로 눈요기만 되고 있으니 기분이 이상해져서 아래층으로 내려와 다른 메뉴를 살폈다. 종업원은 그것을 다 먹었느냐고 놀라서 물어봤지만 나는 가벼운 웃음으로 상대해 줬다.

"You ok?"

"슈어!"

한참 메뉴를 고르고 있자니 어느새 그 아가씨도 내려와서 내 옆에 서서 날 바라보며 있다. 무언가 말을 먼저 걸어야 하나? 찐따의 본능으로 눈을 깔고 침묵을 유지했다. 뭔지 모르지만 미안합니다. 한참 재미있는 거 본다는 표정으로 날 주목하다가 나머지 여성분들과 함께 가게를 떠났다. 밖에서도 손을 흔들며 계속 인사하면서 멀어져 가는 모습이 유리창으로 비쳤다. 얼굴을 천으로 돌돌 싸다니는 사람들이 있는가 하면 저렇게 적극적인 여성도 있는 것이 이집트구나.

"야, 너 방금 저 여자랑 인사할 때 여기 종업원들 표정이…."

"무슨 인사야, 말 한마디도 못했는데."

"아니 손 흔들고 할 때 분위기가…"

응? 분위기? 주위를 돌아보니 식사하시던 중년들이 험악한 표정으로 노려보다가 눈이 마주치면 억지로 피하는 것이 보였다. 이집트는 과거의 가치관과 현재의 마찰이 많은가 보군. 워낙에 가부장적이고 종교적이니 수많은 관광객을 유치함으로써 함께 유입되는 또 다른 문화권과는 충돌할 수밖에 없겠지. 물론 문화나 종교에 우열은 따질 수 없다 하더라도 상식이 통하는 것이 기본 아닐까. 부당하게 누군가가 억압당하거나 차별이 생긴다면 그것은 무언가 잘못된 것이 아닐까 생각되는데. 결국 어떤 문화나 종교든 사람이 함께 살아가면서 남녀를 떠나 인권을 존중받는 게 우선 아니니?

알라메인 박물관

　가치 있는 탐방지의 순위를 위한 회의가 지속되어 온 결과, 결정된 장소는 결국 이집트 해군사관학교와 알라메인 박물관(롬멜과 몽고메리의 전투 유적지)이 되었다. 거기에다가 이집트 군함까지.

　한 나라의 군인으로서 다른 나라의 군사력을 견학한다는 것은 커다란 의미가 있다. 손자병법에 이르기를 지피지기면 백전불태라 하였으니, 한국에서 열심히 우리 군과 주적에 대해 공부하고 먼 나라 다른 군을 공부한다면 배울 것도 느낄 것도 분명히 많을 것이다. 이번 기회야말로 중요하다. 이집트 날씨는 오늘도 맑고, 청량하며, 딱 좋은 더위다.

알렉산드리아는 역시 항구 도시인 만큼 멋진 해안을 유지하고 있다. 한가로운 오전과 잔잔한 바다, 차도르로 얼굴을 감싼 여성들이 이곳이 이집트라는 느낌을 살려 주는군.

이집트 사관학교의 마크. 심플하면서도 권위 있어.

이집트 해군사관학교는 복지 시설이 상당히 괜찮았다. 아쉬운 점이 있다면 강당과 천문 연구소 밖에 보여 주지 않았다는 것?

강당에서 프레젠테이션으로 그들의 교육 내용을 전체적으로 브리핑 받았는데 기본 생도들의 교육 코스는 우리나라와 거의 비슷하다고 할 수 있었다. '이집트는 주변국에 비해 큰 경제력이 없지만, 해상 무역은 왕성하니 효율적으로 홍해와 지중해의 제해권을 장악하는 것이 우선이 라고 보이는데, 그러면 비대칭적으로 잠수함 세력을 키우는 것이 중요하 지 않을까.'라는 생각을 하는 와중에 이집트 안내자는 우리를 둥근 돔 의 건물에 초대한 후 소등했다. 응?

특이하게 생긴 기계를 작동시키니 돔 하늘에 별자리가 펼쳐진다. 이 게 해군과 무슨 상관일까? 천문 항해? 천장에서 별자리가 아름답게 돌 다가 갑자기 싹 사라졌다. 주변이 깜깜했다.

갑작스러운 상황에 조금 긴장되었다. 새로운 쇼가 진행되려나?

"정전이래."

"아, 그렇군."

떨떠름한 기분으로 다음 코스인 함정 견학으로 들어갔다.

하늘이 정말 높다.

이집트 해군. 보안 사항이라 다른 정보를 구체적으로 문의할 수는 없었지만, 무장이 제법이었다. 겉만 보았을 때 말이다.

그런데 안으로 들어가니 그 무장 자체는 굉장할지 몰라도 정비 상태며 기본 항해 장비가 무장에 비해 몹시 뒤떨어진다. 심지어 스팀 보일러 추진 형식. 최고 시속은 28노트(1노트는 약 1.8㎞/h)라 생각보다 빠르긴 하지만 시동 시간이 4시간이라니!

　조금 미안한 이야기이긴 해도 중동 전쟁의 패인을 다른 데서 찾을 것이 아니라 여기서 찾아야 할 것 같다. 군사 교류를 늘리고, 비교 연구가 필요해 보인다. 우리 순항훈련을 좀 참고해보렴.

　다음 코스는 알라메인 박물관. 롬멜과 몽고메리의 세계사 전환적인 전투. 육군의 전투를 해군인 내가 왜 궁금해하느냐고?

　알다시피 오늘날의 전투는 육·해·공군이 동시에 작전을 수행하는 합동 작전이 필수다. 그중에서도 해군은 합동성을 가장 중요시한다. 상륙함과 항모가 그 증거다. 따라서 육군의 기념사적인 전쟁을 보는 것이 의미가 깊지. 이라크전에서 볼 수 있듯이 합동 작전의 시너지 효과는 예상보다 대단하다. 현대전에서 육군만의 전투는 곧 패배를 뜻하고, 해군이나 공군만의 전투는 걸프전에서 보듯 승리를 해도 이를 완성시킬 수 없다.

　즉, 육·해·공군의 합동 전력에 의한 신속전, 효과 중심 작전이 현대 전쟁의 비전이랄까. 물론 상황 따라 다르지만. 그래서 내가 이곳에서 무엇을 느꼈는가? 뭐 없어. 자세히 보려면 들어가지도 못하게 하고. 이놈의 라마단 핑계. 다음엔 이 기간을 피해서 와야겠어.

박물관 바로 옆에는 연합군의 공동묘지가 있었다.

바싹 마른 낯선 사막에서 전사한 그들. 남의 땅에서 싸우고 죽고 그래서 이곳에 묻히고…. 군인의 죽음이 영광스러운 것이라고들 하지만, 글쎄 죽음은, 특히 죽고 죽이는 전장에서 맞이한 죽음은 언제나 무섭고 겁나는 것이다. 나 역시 어느 전장에서 죽을 수도 있겠지. 다만, 어떤 국민이 나 대신 살아가겠지.

"아웅― 피곤하다."

그러고 보니 이 사막에서 제법 걸었어. 발바닥도 쑤시고, 배도 고프다. 그런데 이집트에도 비둘기들이 꽤나 많다. 지금 심정으로는 이것도 먹을 수 있겠는데.

"비둘기 요리 알아요?"

박물관에서부터 안내해 주던 가이드가 갑자기 말을 건다. 어우 깜짝이야.

"비둘기 고기 말이에요?"

"예, 비둘기 고기요."

가이드의 설명으로 내가 멍하니 시선을 두고 있던 곳이 비둘기 집이 있는 곳이라는 걸 알았다.

집 뒤에 솟아 있는 탑. 이집트인들은 저런 비둘기 집을 만들고 비둘기가 들어가면 꺼내 먹는다고 한다. 아주 맛있다는데. 인도에도, 한국 부산에도 아주 자원이 풍부하다고 얘기해 주었다. 용두산 공원 한번 가 보라니까.

"유전이다."
"저기 유전 보이죠?"
그래. 내가 먼저 이야기했잖아.
"여기는 기름이 리터당 200원입니다. 디젤이."
기름이 나서 그런가, 거의 우리나라의 반의반의 반이잖아?
"그리고 제가 한 달간 가스를 틀어 놔도 가스비는 800원을 넘지 않아요."

그렇군. 자원이 풍부하니깐 아무래도 그런 점이 여유가 있네.

알렉산드리아로 돌아오니 어느 새 밤. 생각대로 붐비고, 또 화려하기도 하고. 영판 이집트임을 보여 준다니까.

알렉산드리아의 또 하루가 지나간다.

이집트 기자,
메탈 슬러그의 전설

부글부글, 입에 이상한 걸 물고 있다. 이건? 이상한 꿈과 함께 잠에서 깼다. 물담배였던가, 그걸 왜 내가 물고 있었지?

하여간 오늘은 카이로의 기자에 있는 피라미드를 보러 간다.

피라미드, 그 전설의. 어떻게 만들었는지도 의문인 거대 유적. 알렉스에서 카이로까지는 두 시간에서 세 시간쯤 걸린다. 이 지겨운 거리를 어떻게 가나. 쿨….

사관학교 2차 시험은 체력 시험과 면접으로 나누어진다.

원체 운동을 좋아하지 않아서 체력이 바닥이었던 나는, 6개월 전부터 저녁 시간이 지나면 교실 뒤에서 팔굽혀펴기 100개를 하고, 야간 자율학습이 끝나면 운동장 10바퀴 달리는 것을 꾸준히 해 왔다. 덕분에 커트라인은 어렵지 않게 넘길 수 있었지만, 걱정되는 것은 어쩔 수 없지.

새로 산 가벼운 흰 운동화. 브랜드는 아니지만 달리기 시작하니깐 날 것 같다. 몸이 바닥에서 뜬다. 난다. 날아! 핫!

"저기, 너무 곤히 자서 미안한데, 이제 좀 일어나지?"

"음?"

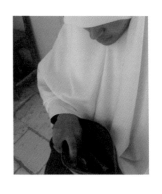

아, 잠깐 눈만 감았다 떴는데. 네 어깨에 침은 미안하게 됐어.

음, 저 멀리 피라미드와 낙타가 보인다. 그래, 바로 이게 내가 원하던 이집트 분위기라니까. 피라미드를 보러 올라가려니 검색대를 통과해야 한단다. 왜? 설마 저걸 가지고 가겠니.

검색대에서 가방을 뒤진다. 뒤적뒤적…, 뭐 아무것도 없죠?

가까이 보니 차도르, 꽤나 두꺼웠다. 덥겠다 안됐어.

약간의 검색을 마치고 들어서니, 그 유명한 쿠푸 왕의 피라미드가 보이기 시작했다. 예쁜걸?

뚜벅뚜벅, 어라?

뚜벅뚜벅, 어어. 이건….

피라미드는 무지무지하게 컸
다. 돌 하나가 나보다 훨씬 큰데,
작은 돌은 몇십 톤에서 큰 것은
250톤까지 나간다고 한다.

피라미드가 왜 외계인이 지었
다 하는지, 왜 그렇게 불가사의라
고 말하는지 몸으로 실감이 됐다. 엄청나다. 피라미드는 지금의 건축 기
술로도 재현할 수 없다지 않은가.

왜냐고?

첫째로, 이 근처에는 돌이 없다. 여기서 수백 킬로미터를 가야 저런
곳에 쓸 돌이 나온다는군.

둘째, 저렇게 정확하게 돌을 쌓을 방법이 없다. 그럼에도 불구하고,
기록에 의하면 어느 시대에 석 달 만에 저 피라미드를 만들었다고 하는
데, 현재 계산으로 보았을 때 그 당시 인구수로 수만 년이 걸리는 작업
이라 한다.

마지막으로, 이 피라미드의 무게를 견딜 수 있는 지반은 딱 저 피라
미드 아래뿐이라고 한다. 물론 그걸 다 믿을 수는 없다. 뭔 수가 있었겠
지 뭐.

그러나 대단한 물건이긴 한지 외계인의 존재를 믿는 톰 크루즈 씨도 1
년에 한 번씩 꼭 이 피라미드를 방문한다고 한다.

잠시 피라미드를 한 바퀴 돌아보니 뒤에서 누군가 부른다.

"Hey boy."

아주 익살스러운 발음.

슬그머니 뒤를 보았을 때 마주친 것은 낙타의 살인미소였다. 키가 크고 눈이 부리부리한 것이 우아하기도 하고 이목구비가 조화롭게 잘 생기기도 했다.

"낙타님?"

"푸륵 푸르륵…"

여기저기서 낙타와 카멜라이더들이 몰려든다. 이들은 피라미드 곳곳에서 숨어 있다가 나 같은 짙은 호구의 냄새가 느껴지면 산적 때와 같이 접근한다. 수가 제법 많구나!

일단 인사를 할까?

"하이!"

"Oh- hi, hi. Welcome to pyramid."

"음…, 유어 카멜?"

"Sure. Now, he with you."

음, 살짝 거북이를 닮은 낙타가 내 앞에 무릎을 꿇는다. 머리를 쓰다듬어 주니까 좋아하는 듯 이죽이죽 웃는다. 뭐가 이렇게 표정이 밉살스럽지? 이 머리 가죽이 쭉쭉 늘어나는 녀석아. 쓰다듬다가 알았는데 낙타의 가죽은 잘 늘어난다. 신기해서 계속 잡아당기니까 보다 못한 주인이 말렸다. 음, 좀 민망하군.

"왓 이즈 히즈 네임?"

"Jackson, Michael Jackson."

"리얼리? 히 해즈 레전더리 네임."

이름 멋진걸?

낙타를 사이에 두고 내 앞에 서 있던 낙타 주인이 조그마한 깃발을 건네었다. 나 주는 거야? 그것을 받으려고 다가가는 순간 내 배를 받치며 낙타가 일어섰다. 그러니깐 낙타에 업혔다.

덜그덕. 아하, 이런 상술이군.

와! 낙타 키가 크긴 크다. 발이 공중에 떠 버렸다. 자, 이쯤하고 내려갑시다.

덜그덕. 한 칸 더 올라갔다. 아! 낙타는 다리와 무릎, 이단으로 일어서는구나! 엄청나게 높다. 더군다나 나의 자세는 엎드린 모양으로 낙타의 등에 매달린 형태다. 힝 부끄러워요. 내려 줘.

"Ride, ride."

낙타의 주인은 자세 잡고 타 보라는 시늉을 했다. 그래, 어차피 올라간 거. 나라는 호구가 또 미끼를 물었군.

자세를 잡고 올라타고 나니 무서울 만큼 높았다. 그래도 잭슨은 잘 훈련되었는지 순했고, 천천히 걷기 시작했으며, 낙타의 주인도 고삐를 잡고 천천히 걸어 주었다. 발 받침대가 없어 다리가 덜렁거린다. 아. 영화에 말 타는 거 보니깐 이러던데….

발뒤꿈치로 낙타 옆구리를 푹 찔렀다. 푸륵? 잭슨의 반응은 생각보다 격렬했다.

다, 달린다! 주인 양반, 달린다고!

"라이드! 라이드!"

"What?"

설상가상으로 놀란 주인은 고삐를 놓쳐 버리고 잭슨과 나는 상당히 불안한 자세로 쿠푸 왕의 피라미드를 달리기 시작했다. 주인은 저 멀리서 잭슨을 되찾기 위해 달린다! 잭슨은 그에 맞추어 더 빨리 달린다! 피라미드가 지나간다! 모래바람이 거세다! 떨어질 것 같다! 어떻게 멈추지? 그래, 훈련받은 녀석이지.

"스탑!"

우다다 다그다그다다다닥. 음, 역시 안 되는군.

한참 머리 가죽을 잡아당기고 피라미드를 두어 바퀴 돌고서야 잭슨은 속력을 낮추었고, 식겁한 나는 앉기도 전에 뛰어내렸다. 후아, 죽을 뻔했어. 사색이 된 주인도 뒤늦게 따라왔다. 아, 관광객 안전을 위해 운동 좀 하셔야겠어요.

원래 1달러 코스지만 거친 행보에 3달러를 내게 되었다. 내게 '메탈 슬러그' 카멜라이더라는 별명이 붙었다는 것은 복귀하고서 알게 된 일이다.

이집트 기자와 카이로,
4천 년의 역사가 우리를 내려 본다

기자에는 피라미드가 모여 있는데, 저 3개의 대형 피라미드는 카프레 왕, 쿠푸 왕, 멘카우레 왕의 피라미드이다. 카프레 왕이 쿠푸 왕의 아버지이고, 멘카우레 왕은 쿠푸 왕의 손자라 한다. 대대손손 대단한 무덤을 두셨어.

피라미드가 거대한 바위를 쌓아서 만든 것이 완성된 형태라 생각했는데, 위를 보면 석회질로 뒤덮여 있다. 사실은 원래 피라미드 전체를 석회질로 코팅한 매끈한 형상이었는데, 기자 주변은 돌이 흔하지 않다 보니 주변 거주자들이 건축 재료로 사용해서 없어졌다 한다. 그래서 손이 닿는 아랫부분까지는 석회질이 별로 없고, 꼭대기만 남았다. 피라미드

바위는 안전해. 진짜 크거든.

피라미드에서 쭉 내려오면 발을 가지런히 뻗고 엎드린 스핑크스가 보인다. 사람의 머리와 사자의 몸을 가진 신화 속 괴물. 이집트에서는 태양신의 상징으로 유명하지만, 사실 우리가 잘 아는 스핑크스의 이야기는 그리스 신화의 이야기이다.

'다리가 아침에 네 개, 낮에는 두 개, 밤에는 세 개인 것은 무엇이냐.'라는 수수께끼에 오이디푸스가 '사람'이라고 정답을 말하자 호수에 스스로 빠져 자살했다고 하지. 소심하기는, 뭘 그렇게까지….

스핑크스를 자세히 보면 여기저기 보수한 흔적이 보이는데, 특히 코가 움푹 파여 있다. 이것은 영국이 이집트를 침략했을 때 떼어 간 것으로, 영국의 박물관에 코가 보관되어 있다고 한다. 못된 것들. 코만 가져가서 전시해 둔 것이 더 괘씸해.

관광지답게, 스핑크스의 옆에선 기념품을 팔고 있었다. 스스로 몸을 흔드는 낙타 인형인데, 작동하자마자 5개 중 두 개가 숨을 거두었다.

기자에서 관광을 마치고 카이로로 향한다.

올 때는 몰랐는데, 풍경이 좀 독특하다.

"이상하네."

"응? 뭐가?"

"이렇게 큰 땅에, 도로도 잘 놓여 있고, 땅값이 제법 나갈 장소 같은데, 조용하기도 하고."

"그런데요?"

가이드가 좋은 질문이라는 듯
대답을 받는다.

"그런데 멋진 아파트가 있어야
맞을 것 같은데, 집이 다 짓다 말
았잖아요. 괜찮은 상가나 주택이
있어야 맞는데."

"맞아요, 하지만 저곳에는 실제로 사람이 살고 있어요."

"아직 철근도 삐죽하니 올라와 있는데요?"

"이집트는 완성된 주택에는 세금이 어마어마하거든요. 그래서 지으면
서 살고, 일부러 다 짓지 않은 상태로 유지하기도 해요."

"오오! 그런 일이."

오! 몰랐다. 하여간 상식적이지 않은 것에는 이유가 있다니깐.

"그런데 이집트 정부는 무언가 조치를 안 하나요? 집을 짓다 말았으
니 세금을 안 낸다는 것은 눈 가리고 아웅인데."

"뭐, 하겠죠."

그래요. 가이드라고 무엇이든 알 수는 없겠죠. 예.

한 시간쯤 차를 달렸을까. 예약된 식당에 도착했다.

"이곳입니다."

가이드가 안내한 식당은 나일 강 위에 지어진 근사한 레스토랑이었
다. 아까 잭슨과 한참 달렸더니 배가 고파 온다.

"가자, 메탈 슬러그."

"오케이 땡큐, 헤비 머신 건."

뷔페식의 이집트 음식들을 꽤나 멋지게 차려 두었다. 한 접시 가득
담아 먹기 시작했다. 닭요리는 소스가 좀 시큼했지만, 양고기는 은근히
고소했다. 감자를 버터에 볶아 둔 것이 있었는데 꽤 맛있다! 그 외 각종
빵. 이집트는 빵이 참 맛있다.

식후에 이집트의 파피루스 전시관을 들른다. 파피루스는 이집트 특산
의 식물을 재료로 한 일종의 종이와 이것으로 만든 문서 같은 걸 이야
기하는데, 섬유질이 드러나는 독특한 매력과 함께 내구성도 뛰어나 전

통 기념품으로 자리 잡고 있다.

원래 사진촬영은 금지라고 하지만, 내가 그림 속 낙타와 진짜 잘 아는 사이라고 설득하니 이 한 컷만 허락한단다. 잭슨, 넌 나에게 모욕감을 주었지만 추억도 주었지.

오늘을 마지막으로 이집트를 떠난다. 음, 이집트도 사막과 관광지를 제외하고 진출할 곳이 바다뿐이니 해양력 건설에 많은 노력을 기울일 것으로 보인다.

그런가 하면 우리나라야말로 한반도에 자원도 없지, 위로는 북한이 막고 있지, 나가야 할 길이 바다밖에 없는데 그에 비해 해군과 해양력의 건설에 대한 노력이 부족하지 않은가 싶다. 음, 나도 열심히 해야지.

사막의 태양은 눈이 아프다. 잘 있어요, 낙타님.

알렉산드리아에서
이탈리아 라스페치아까지 항해

은빛의 보온 도시락. 우리 학교는 급식을 하지만, 나는 급식을 먹기 위해서 운동장을 가로질러 줄 서서 기다리는 시간을 줄이고자 도시락을 가지고 다니기로 했다. "엄마, 당장 일거리를 늘려서 미안하지만, 나중에 꼭 갚을게." 한 지가 1년 전인데, 수능 시험장에서 이 도시락을 보게 될 줄은 몰랐다.

두 달 동안 나는 수능 패턴에 맞추어 살았다. 동일한 시각에 해당 과목의 모의고사를 풀어 왔고 식사 시간도 수능 시간표에 맞추어 왔다. 평소랑 같아서 긴장도 없다.

늘 같은 하루 일과가 지나갔다. 아, 오늘은 진짜였지 하는 순간 수능이 끝났단다. 긴장이 풀린 탓인지 머리가 멍멍하다.

집으로 돌아와 그동안 쌓인 문제집을 버리기 시작했다. 다시 수능은 공부할 수는 없다. 할 마음도 없고 여유도 없다. 하나둘씩 버리다 보니 생각보다 많지는 않다. 기억력이 좋지 않은 탓에 많은 문제집을 풀기보다 한 문제집을 여러 번 풀었던 습관이 청소할 때 이렇게 도움이 되네.

어떤 사람은 수능을 치고 나서 허무하다 한다. 초등학교 6년, 중학교 3년, 고등학교 3년을 하루 만에 평가받는 기분이라 하지. 나는 허무하지는 않다. 어차피 살고 죽고, 인생을 결정짓는 사건은 짧은 시간이고, 그 순간을 위해서 평소 자기 그릇을 키우는 것이니 수능이라는 제도가 허무한 것은 아닌 것 같다. 오히려 나같이 꿈을 늦게 찾은 사람도 공평하게 노력을 견줄 기회의 평등이 이루어지는 제도 아닌가.

시골집에서 문제집을 태운다. 어디에 어떻게 쓰일지 모르지만 욱여넣었던 지식들, 참았던 시간들이 나를 얼마나 키웠을까. 잘 가르쳐 줘서 고맙습니다. 성불하세요.

"엣취."

불을 피우고 있지만 겨울 밤바람이 차다. 하늘에 별이 빛난다. 참 밝기도 하다. 소원을 빌면 이루어질까?

"별똥별이다."

"와, 진짜 장난 없네."

단언하건대, 지중해에서 야간 항해를 하면서 보았던 풍경은 내가 평생 본 어떤 것보다 아름다웠다. 하늘과 바다의 경계가 모호한 짙은 남색의 풍경에, 몇 분에 한 번씩 별똥별이 떨어진다. 하늘에서 작은 빛이 내려오다가 바다를 환히 밝히고 진다. 배로 지중해를 건너는 사람만의 특권이다.

"별똥별 보면 소원 빌어야 된다면서?"

"그거 떨어지기 시작해서 안 보일 때까지 소원을 다 빌어야 유효타래."

그래? 워낙 많이 떨어져서 어디에 빌어야 할지도 모르겠다.

"근데 그냥 샛별에 빌어도 이루어지기도 하지."

"그건 난이도가 괜찮은걸."

"하지만 되더라. 해 봐서 알지."

이탈리아

라스페치아

품위 있는 피사,
그리고 예술인 가득한 유럽의 입구

"별이다!"

"음… 그렇군."

"은하수다!"

"그래."

"은하수는 그냥 별 뭉치라며?"

"그래… 그러면 안 되지."

"어, 별똥별이다."

"음, 여덟 번째 별똥별이군."

"별이 오늘 많이 떨어지는데."

"위험하겠어."

"일단 SM-2를 발사한 다음에 파편은 CIWS로 처리한다."

이렇게 말도 안 되는 소리를 주고받으며 야간 항해한 게 며칠째인지.
오늘만 센 별똥별이 두 자리를 훌쩍 넘겼다.

"등대다!"

"오옷! 어디?"

있다! 등대! 드디어 다 와 가는구나!

"유레카!"

"라 지아피아 세롤르치뇨!"

"엉? 그건 무슨 뜻이야?"

"좋다는 뜻의 이탈리아어야."

아닌 것 같은데. 어느새 날이 밝고 다섯 번째 기항지인 이탈리아로 진입하는 입구가 보인다.

뭔가 지금까지와 다른 사치스러운 멋이 있다. 범선도 보이고. 요트도 많다. 홋줄이 팽팽하게 당겨지고 늘 그렇듯 현문 사다리가 설치된다. 어서 출동하자!

거리는 깨끗하고, 우리는 일동 주목 당한다. 동양인에다가 제복까지 입은 건 흔하지 않죠?

해군 행사는 라스페치아에서 정리하고, 문화 탐방은 피사로 가기로 했다. 여유롭다 못해 한산한 기분까지 드는 거리를 지나서 기차역으로

간다. 기차역에는 사진이며 그림이며 한창 꾸며 두었다. 역시 멋쟁이 패션의 도시!

라스페치아, 해군 기지가 있는 시골이라 인구 밀도가 낮아서 그런가, 깔끔하고 조용하기도 하지만 음침한 기분도 드는데? 한국으로 치자면 진해쯤 되는 건가?

이탈리아의 전철을 타고 피사의 사탑을 보러 간다! 낭만적이다! 그런데 전철은 그렇게 세련되지는 않았다. 사실 우리나라처럼 대중교통이 좋은 곳도 없지.

　우리와 달리 전철 의자에 머리 양옆으로 돌출된 구조물이 있어 혹시
라도 졸다가 옆 사람에게 실례하지 않도록 되어 있었다. 하지만 연인들
끼리 오면 좀 분위기 잡는 데는 불편하겠는걸.

　새로운 발견이 반가웠다. 내 평생 처음 오는 유럽이라 크게 얘기하였
더니 주변의 시선이 따갑다. 뭐 어떠냐. 알아듣지도 못하면서.

　"해군인가 봐?"

　한국인 관광객도 꽤 많구나. 음, 미안합니다. 풍경을 보기도 전에 지
칠 만큼 제법 멀다.

　한참을 달려 도착한 피사. 역에서 피사의 사탑이 있는 관광지까지는
도보로 약 20분쯤 걸린다. 사탑은 한자로 기운 탑이라는 뜻이다. 말은
익숙한데 뜻을 안 것은 이번이 처음이군.

걷다 보니 어떤 초라한 행색의 남자가 누워서 뒹구는 개 발을 닦아 주고, 피우던 담배를 개에게 물려 주기도 했다. 술 마시다 개가 된 사람에 대해서 생각하고 있었는데, 남자의 앞에 놓인 상자를 보고 깨달았다. 아, 이게 길거리 행위 예술이라는 거구나? 기분 좋게 구경하고 상자에 동전을 한 닢 넣었다. 반짝!

그런데 저 동전. 500원이다. 배의 자판기를 이용하려고 아껴 둔. 운 좋게도 남자는 프로답게 돈이 들어가든 말든 개와 계속 놀고 있었다. 다시 꺼내려 하면 오해받겠지 싶어 슬그머니 도망이다.

길거리가 모두 빈티지한 건물이나 조각들로 가득하다. 하지만 왠지 시끌시끌하던 다른 나라가 그리운 것은 왜일까. 아무리 좋은 시설도 사람이 적으면 또 분위기가 가라앉는다.

여기서는 길가에 테이블을 꺼내어 두고 커피나 맥주를 가볍게 한잔씩 하는 게 보편적인지, 여기저기 즐기는 사람이 많다. 너무 여유로워 보여서 도리어 적응이 안 돼.

저 멀리 피사의 사탑이 보인다. 좋아!

"유레카!"

"라 지를료노 세를로…."

"그만."

피사의 사탑. 지반 때문에 기울어지는 현상을 막으면서 보수 공사를
200년이나 진행했으나 오히려 기욺으로 세계적인 유산이 되었지. 어릴
때 읽은 책에서 갈릴레이가 이곳에서 자유 낙하하는 물체의 실험을 했
다고 되어 있었는데, 그게 사실은 시몬 스테빈이라는 네덜란드 물리학자
가 한 실험이라는군.

　피사의 사탑만 덩그러니 있을 줄 알았던 내 생각이 상당히 무식했던 것이, 이곳의 메인은 사실 피사 대성당이었다. 하긴 과거 이탈리아의 가톨릭은 그 세력이 엄청났지.

　"Excuse me?"

　음?

　할아버지라고 부르기에는 조금 젊은 중년 남성 한 분과 아주머니 한 분이 나를 부른다. 사진 찍어 달라고?

　"어, 음. 두유 원트 테이크 어 픽쳐?"

　"해사 생도세요?"

　옳거니! 귀가 열렸다. 영어가 한국말로 들린다니… 음?

　"역시, 저도 한국 사람인데요."

　아, 그럴 리 없지.

　"전 한국에서 태어났지만, 뉴욕에서 40년 동안 살았습니다. 군악대 행사도 재밌었어요."

입항하면, 현지 주민들을 초빙해서 행사를 하는데 내가 또 무언가로 기억에 남는 모습을 보여드렸나 보군. 미안합니다.

"오랜만에 한국 문화를 보니까 너무 좋았어요. 같이 사진 한 컷 찍어도 될까요?"

그럼요. 당연히죠. 찰칵. 결국 함께 사진을 찍고 그들은 가 버렸다. 보람 있다! 훈련 잘 왔어.

피사의 사탑 위로도 올라갈 수 있게 입구가 개방되어 있었는데 경쟁률이 가히 살인적이다. 탑 위로 올라가는 것도 좋겠지만, 시간이 제한적이라 주변을 돌아보는 것이 더 가치가 있을 것 같아서 이동하기로 했다.

"문화유산을 잘 활용한 사업이 이런 것이군."

"그러게, 이 정도의 관광객이 늘 유치된다면 대단한 건데."

"우리나라는 외국인 관광객이 많은 그런 곳 없나?"

"아, 음… 명동?"

"그만하자. 자네에게 물어본 나의 불찰이다."

어린이들에게도 좋고 성인에게도 심심하지 않을 관광지다.

"한 나라의 음식은 그 나라의 문화를 대변한다."

"응?"

"밥 먹으러 가자고, 인마."

"벌써 시간이 이렇게 되었네."

음식은 그 지역의 환경과 그에 따른 재료, 사상 등이 반영되고, 간혹 큰 사건과 맞물려 새로운 흐름을 낳기도 한다. 꼭 그 나라의 음식은 먹

어 봐야 해. 이탈리아 음식을 많이 못 먹어 봤지만, 피자가 유명한 것은 알아. 세계적인 가맹점이 아닌, 진짜 이탈리아 피자 맛을 느끼고 싶어서 가는 길에 크지 않은 피자집을 들렀다. 김치찌개 맛을 보기 위해 기사식당에 들르는 격이지.

메뉴는 피자밖에 없는데, 천에다 귀엽게 식당과 관련된 그림을 수놓은 것이 특이했다. 특히 화덕을 지칭하는 이탈리아어가 포르노(forno)라는 것이 인상 깊다. 진심이냐 물으니 진짜라고 한다.

한데 이탈리아를 돌아다니면서 느낀 건데, 이탈리아는 미남의 나라로 유명하지 않던가? 하지만 막상 돌아다녀 보면 남자들이 별로 키도 안

크고, 잘생긴 사람이 많지는 않다. 오히려 하이 패션 여성분이 배로 많다. 그냥 미녀미남의 나라라고 합의하자.

그나저나 이 피자집 주인아저씨를 보라. 저 훈훈한 미소로 나를 맞이하면서도 손은 엄청난 스피드로 피자를 만들고 있다. 저것이야말로 프로가 아닌가! 이글거리는 화덕에서 피자를 익히고 나면, 우스꽝스러운 포장 박스에 넣어서 나온다.

피자는 생각보다 역사가 길다. 거의 기원전 9~10세기까지 거슬러 올라가는데, 마치 인도의 난을 평평한 돌 위에서 구워 만드는 것 같이 밀가루 등의 곡물을 구워 만들면서 발전했다 한다. 이후에 근처에 풍성한 올리브 등을 바르기 시작했고, 이후 로마 시대에서야 깔끔하게 먹기 위해 도우를 접시처럼 쓰는, 오늘날의 피자와 비슷한 모양이 되었다고 한다. 사실 도우를 먹기 위한 음식이었지만 토핑 맛에 도우가 추월당한 셈이지. 이후 콜럼버스로 대표되는 대항해 시대에 토마토가 풍성한 나폴리 지역에 피자가 소개되면서 오늘날 유명한 토마토 피자가 만들어졌다고 한다. 11세기의 역사가 담긴 피자, 잘 먹겠습니다!

와구와구! 싱겁다! 어쩌면 담백한 것인가?

한국에 치즈와 토핑 가득한 피자가 그립다. 배도 금방 꺼진다. 주린 배를 움켜쥐고 잠든다. 전 세계 어디에도 풍성한 한국 피자 만한 것이 없구나. 내일은 다른 거 먹어야지.

이탈리아
해군사관학교

오오! 어제 입항할 때 보았던 저 멋쟁이 범선.

저것은 여기 이탈리아 해사 생도들의 항해 실습선이라고 한다. 이름은 영어 없이 이탈리아어로 설명해 주더라. 그래서 나도 우리말로 고맙다고 대답해주었다. 우리 사이에는 알지 못하는 장벽이 생겨 버렸다.

하여간에 새벽의 일출을 배경으로 나타난 저 범선의 모습은 참 아름다웠다. 금빛이 일렁이는 검은 바다는 어떤 그림보다도 멋졌다. 물론 현대화된 배도 있지. 내부도 탐방했지. 하지만 사진은 없다. 군사 보안상 사진은 못 찍게 한다. 당연하겠지.

기준에 따라서 다르지만, 이탈리아 해군력을 평가할 때 보통 우리나라와 순위를 비슷하게 둔다. 예컨대 우리나라가 7~10위 정도면 이탈리아는 8~9위 내쯤. 대항해시대를 주도하고, 경항모가 두 척이나 있는 이탈리아 해군과 우리나라가 엇비슷하게 평가되는 데에는 우리나라에 실질적인 전투를 담당하는 구축함과 잠수함의 수가 훨씬 많고 인원이 많은 것이 한몫한다.

말이 나왔으니 말인데, 우리나라에는 항공모함을 좋아하는 분들이 꽤 많다. 물론 있으면 좋지. 세계 어디로든 전투기를 투사할 수 있는 능

력을 갖추는 것은 매력적이다. 그런데 당장 발등의 불을 끄기 위해서 좋은 방향인지는 한번 생각할 필요가 있다. 일단 우리나라의 현재의 주적인 북한에게는 항공모함의 효용이 적다. 바로 공군 기지에서 날아가면 되니깐. 그러면 주변국 대비용인데, 중국이나 일본과 항모 경쟁에서 이길 가능성이 얼마나 있을까. 그렇다면 우리가 이루어야 할 방향은, 어떤 수상 세력보다도 강력한 한 방과 은밀성을 가지는 잠수함 세력과, 외부에서 어떠한 공격이 와도 영토에 닿지 않도록 방어하는 구축함과 미사일 체계를 갖추는 것이 먼저 아닐까. 따라가기보다는 우리에게 맞는 방향을 잡아야지.

이탈리아 구축함 안을 한 바퀴 견학하고 오니까 목이 탄다. 감기 기운도 있어 그런가. 계속 갈증이 났다. 여기는 우리 배보다 더 건조한 것 같다. 기특하게도 갑판에 간단한 브런치를 준비해 두었다. 그래서 아까 장벽이 생겼던 이탈리아 장교와 친해지게 되었다. 친절한걸? 고마운 마음을 표현하기 위해 잘 먹어 줘야지. 갈증을 당신의 포도 주스로 해결하겠습니다.

벌컥벌컥.

와인이었다. 그것도 꽤 드라이한. 갈증은 급속도로 심해졌다.

내 눈이 뒤집힌 걸 보고 주변에서 말리는 바람에 그는 목숨을 보전할 수 있었다. 아오, 볼이 다 뜨끈하군. 짜증을 부리니 이유는 모르겠지만 일단 미안하다는 듯 실습선을 구경시켜 준다.

화려한 문양과 금빛 시설물. 이탈리아 해군은 그 뿌리를 이탈리아 왕국 해군에 두고 있다. 해군기도 화려한데, 이는 왕국 해군 때 해양 국가들의 문장을 섞어 놓은 것이다. 뿌리 하니깐 생각나는 게, 우리나라 해군은 그 뿌리가 상당히 순수하다. 초대 참모 총장이신 손원일 제독님은 광복과 함께 해방병단을 창설, 6·25 전쟁이 발발하자마자 참전했고, 그 해군이 현재까지 성장했기에 순수 대한민국 혈통이다. 다른 세력의 유입 없이 이만큼 커 온 것이 무에서 유를 창조하는 충무공 정신과 상통한다고 평가받는다. 음, 훌륭해.

그야말로 이탈리아 명품 같은 실습선이다. 반짝반짝하는 시설물로 보아 해군의 기본인 보수 교육이 잘 이루어지는 듯하군.

우리나라와 같이, 이탈리아 사관학교에도 마스트가 전시되어 있다. 우리 해군사관학교에서도 대한민국 최초의 군함, 백두산호의 마스트가 전시되어 있다.

백두산호는 가난한 우리 해군 선배님들의 사모님들이 바느질로 번 수익과 장병들이 적은 월급이나마 아껴서 모은 돈으로 사들인 중고 미국 군함(PC-701)에 3인치 포를 설치한 것이다. 1950년 6·25 전쟁이 벌어지자마자 활약했는데, 북한의 수송선이 창원 쪽으로 접근하는 것을 확인, 침몰시킴으로써 600명의 북한군을 몰살시켰다. 해군에는 적이 상륙하면 특수 부대지만 격침시키면 짐짝이라는 유명한 말이 있다. 만약 저 600명의 북한군이 상륙해서 후방을 교란했다면, 부산은 피란지가 될

수도 없었을 것이다.

　사실 해군의 모체라고 할 수 있는 한반도의 수군은 고려 시대까지도 무척 강했다. 이것은 최무선 장군님의 화통도감의 역할이 컸다. 무기를 사용하는 무인에 의한 무기 개발. 이 정답은 딱 조선 초기까지 이어졌다. 그러나 사대부들이 무신을 천대하는 풍습이 다 망쳤어. 군을 모르는 자가 무기를 만들고 군을 통제하려 하니, 성공할 턱이 있나. 결국 조선 수군은 핵심역량을 잃어버린 종이호랑이가 되어버렸다.

　핵심역량이란 '전쟁억제'와 '전쟁대비'이다. 최대한 우리가 강한 군사력을 가져서 상대국에서 우리를 도발하지 못하게 하는 것이 첫째인 전쟁억제이고, 그럼에도 불구하고 전쟁이 일어난다면 방어하는 것이 전쟁대비이지. 특히 요즘처럼 무기 수출입이 발달한 시대에는 그 나라의 무기 기술만 보더라도 상당한 전쟁억제 효과를 낳을 수 있다. 이를 효과적으로 사용할 수 없을까.

　우리나라는 전쟁 중이라서 징병과 각종 군사비로 소비되는 것이 많다. 어쩔 수 없지. 당장 북한의 헌법 9조에는 '사회주의의 완전한 승리를 이룩하며… 조국 통일을 실현하기 위하여 투쟁한다.'라는 구절이 있는 걸. 사회주의로 통일하겠대 우리나라를. 지속적인 도발에 내성이 생겨서 긴장을 잃고 있는데, 세상 어느 국가급 조직이 다른 나라의 수도를 불바다로 만든다는 말을 하거나 UN 조약을 일반적으로 파기할 수 있나. 그러나 이렇게 노골적으로 표현해도 안전한 줄 아는 사람들이 많다. 정말로 우리나라와 평화 통일을 원하거나 상존을 위한다면 핵 개발로 합의를 이끌어내고 내킬 때만 이산가족을 보낼 것이 아니라 우리를 사정권으로 노리고 있는 해안포와 상륙 전력들의 방향부터 바꾸고, 사회주의 통일에 관한 헌법부터 바꾼 후 진행해야 할 것이다. 순식간에 백령도와 연평도를 공격할 수 있도록 해 놓고서… 여튼, 이런 상황이 겹쳐 있으니, 실전적 무기 개발과 국지전 전술에 관한 기술을 특화하는 것이다. 이를 통해, 한국은 대단한 규모는 아니지만, 실질적이고 증명된 무기와 국지 특화된 군사력을 갖추었다는 것을 기반으로 국방력과 무기체계를 발전시켜 나가면 어떨까? 묵, 뭐? 배고프다고? 음, 나도.

어제 먹었던 피자가 생각보다 입맛에 맞지 않은 탓에, 이탈리아의 일반 요리를 제대로 즐기자는 의미에서 길가의 아무 식당이나 찾아갔다.

머리를 뒤로 질끈 묶고 수염을 기른 주인아저씨가 우리를 맞이해 주었다. 그래, 기분 전환에는 식사만 한 것이 없다는 건 만고의 진리다.

"메뉴, 플리즈."

"I'm a menu."

응? 식욕이 없어지는데. 나의 일그러진 표정을 보고 주인아저씨는 뭔

가 깨달았는지 부연 설명을 시작
했다. 대충 내용은 이러했다.

여기는 지정된 메뉴가 있는 것
이 아니라 그날그날 괜찮은 재료
를 보고 만들어 전시해 두니까 먹
고 싶은 메뉴를 고르면 따뜻하게
조리해 주겠다. 매일 메뉴가 바뀌니까 내일 와도 괜찮을 것이다.

하지만 전시해 둔 음식에 뭐가 들어갔는지 도통 감도 안 잡히고 이탈
리아어로 표기되어서 읽을 수도 없다. 그래서 그나마 눈에 익숙한 피자,
라자냐, 또 일종의 빈대떡이나 부침개(이탈리아의 서민 음식이란다.) 같은
것을 시키고 추천 메뉴를 시켜 모두 그 자리에서 먹어 치워 나의 명성을
드높였다.

이탈리아 음식은 알고 보면 대체로 고대 로마에서 유래했다고 한다.
내 생각에는 이 주변 지역은 환경이 비슷하고 위치가 가까워서 비슷한
요리를 하는데, 먼저 기록한 나라가 '원조'의 지위를 가지게 되는 것으로
보였다. 예컨대 로마의 마르쿠스는 미식으로 유명한데, '요리의 기술'이
라는 책에서 이미 1세기에 비슷한 요리들을 소개하고 있다.

맛? 밀가루와 버터, 그리고 치즈를 적당량 섞은 맛. 가끔 당기는 느
끼하고 맛있는 맛.

내일도 다른 거 먹을 거다.

로마,
모든 길은 로마로 통한다

드디어 말로만 듣던 로마에 가는 날이다. 꽤나 멀다고 하지만 어떠랴. 그 유명한 로마라는데. 새벽 4시에 일어나서 출발이다. 어찌나 졸리던지 나는 배에서 일어나서부터 버스에 탈 때까지 한 번도 눈을 뜨지 않음으로 주변을 놀라게 했다.

감나무가 있는 시골집이다. 마지막 모의고사에 비해서 점수는 낮았지만, 수능 성적표에 찍힌 등급은 같다. 모두 1등급이지만, 상위 몇 퍼센트인가를 또 따져야 입학할 수 있겠지. 수능을 잘 보는 것이 목적이 아니라 입학하는 것이 목적이었기 때문에 기쁘지도 슬프지도 않았다. 다만 지독한 감기에 걸렸다.

수능을 보고 나면 친구들끼리 모여서 여기저기 놀러 가고 술도 마신다는데, 집도 멀고 같이 놀 돈도 없다.

"아, 진짜 심심하다."

아르바이트를 알아볼까 해도 기운도 없고, 혹시나 합격하면 졸업식 전에 입교하러 가야 해. 아르바이트할 기간이 없어. 공부하면서 스트레스를 푸는 거의 유일한 방법이 만화였는데, 내리 몇 개를 완독하고 나니깐 이것도 지친다. 몸도 으슬으슬한데 뭐, 잠이나 자야지.

얼마나 지났을까. 발표날이 언제더라.

방문을 두드린다. 문을 열지 않고 아버지가 불렀다.

"어이, 장후생. 합격이다."

장후생? 아, 장교 후보생을 그렇게 부르기도 하지…? 응? 합격했다고? 생각만큼 짜릿하거나 흥분되지는 않는다. 속에서 뭔가 차올랐지만 난 기분을 표현하는 데 능숙하지 못하다. 그래서 그냥 소리를 질렀다.

"우아아아아…!"

"우아아!"

"헐, 깜짝이야."

휴게실이다. 우리가 있는 항구, 그러니까 라스페치아에서 로마까지는 꽤 멀다. 그래서 잠깐 휴게실을 들렀나 보다. 내 괴성에 긴장했는지 철이 조심스럽게 물어본다.

"하도 곤히 자서 안 깨웠지. 과자 하나 줄까?"

익숙하게 보던 감자 과자와 비슷하게 생긴 것을 내민다. 글쎄, 한국만큼 고속도로 휴게소가 잘 되어 있지는 않구나.

"아! 고속도로는 우동이랑 통감잔데."

"그건 앞으로 3개월 남았습니다."

"조용히 하세요."

세 시간 정도를 더 달렸을까. 흙과 나무만 있는 변두리의 모습만 보이던 풍경에서 아주 오래되어 보이는 도로가 나타나기 시작했다. 바로 2,000년 전에 깔았다던 로마의 도로다.

지금 가는 곳은 카타콤베다. 잘 알려진 바와 같이 초기의 기독교, 그러니까 그리스도교는 몹시 박해를 받았다. 따라서 이들은 종교를 지키기 위해서 은밀하게 예배를 드릴 교회가 필요했고, 가난으로 무덤을 가질 수 없었지만 죽은 후 예수님처럼 바위 굴 안에 묻히고 싶은 자들이 대부분이다 보니, 이들의 현실과 희망이 지하에 이러한 형태로 투사되었다.

　그 후 결국 로마의 대제, 콘스탄티누스가 그리스도교를 공인하게 되는데, 이게 세계사에서 그 유명한 밀라노 칙령이다. 카타콤베 내부는 구찌 터널에 비하면 상당히 넓고 컸으며 곳곳에 신앙과 삶의 흔적이 남아 있다.

　다른 조각들과는 달리 항아리가 많은 곳이 있는데, 이 항아리에 불을 피워서 조명도 하고, 난방도 하는 등 활용했다 한다. 이 항아리의 불의 원료는 대체로 식물성 기름이었는데, 어디서 얻었느냐 하면 카타콤베 근처로 울창하게 둘러싸고 있는 올리브 나무가 그 답이다.

카타콤베에서 나오면 각종 로마의 시설물들이 보이는데 그중 유명한 것이 공중목욕탕이다. 로마인들에게 목욕은 복지의 시작이자 문화생활의 끝이라고 할 수 있다. 당시 최전방이었던 병사를  위한 목욕탕도, 황제를 위한 목욕탕도 있었을 만큼 언제 어디서나 목욕문화를 즐겼다. 심지어 공중목욕탕은 온탕, 냉탕뿐 아니라 스포츠를 즐길 수도 있었고, 사교의 장이기도 했다. 심지어 남녀 혼탕이었단다. 아주 쉽게 퇴폐적으로 흘러갈 수 있지. 그래서 로마가 망한 이유를 사치스럽고 문란한 목욕 문화와 연관 짓는 이들도 꽤 많다.

로마의 길은 참 여유 있고 깨끗하다. 쓰레기통도 참 크고. 생각해 보면 우리나라에도 어릴 적에는 쓰레기통이 많았는데. 쓰레기통 자체를 지자체별로 예쁘게 디자인해서 잘 관리하면 도시도 깨끗해지고 고용도 하고, 이미지 개선 효과도 있지 않을까.

갑자기 비가 온다. 열대의 스콜과는 또 다르지만 종잡을 수 없는 점은 지중해성 기후도 매한가지인 것 같기도. 물론 짧은 소나기였지만 말이다.

로마의 정교한 조각과 예술품을 보면서 아름다움에 비해서 생동감을 느끼지 못하고 있었는데, 비가 오자 사람들의 북적임과 함께 거리가 살아나는 기분이다. 다들 뛰기 때문이지.

"뛰자."

이탈리아 현지인들은 이 정도는 아무것도 아니라는 듯 태연히 걷기도 하고, 후드를 쓰기도 한다.

"이 정도 비는 뭐…"

우다다다다. 소나기가 그야말로 사람을 친다. 이탈리아 사람들도 결국 여기저기 우산을 펼치기 시작한다.

"뛰자고!"

"갑자기 왜 이렇게 세차졌어!"

빗속을 뛴다. 흙냄새와 기분 좋은 물 냄새가 풍긴다. 이국적인 풍경에 달리면서도 기분이 들떠.

비는 오는 것도 금방이지만 그치는 것도 빨랐다. 사람들은 으레 그런 것인지 일기 예보를 본 것인지 자연스럽게 또 거리를 다닌다.

로마 관광 거리의 중심지에 가면 그 유명한 트레비 분수가 나타난다. 전체가 대리석으로 개선문을 본떠서 만든 사치의 끝판이라고 할 수 있다.

"저 분수에 동전을 넣으면 로마에 다시 올 수 있다 하지."

"보통 동전을 던져 넣는 것은 소원 성취나 그런 거 아냐?"

"로마에 다시 오는 게 소원 성취 레벨인가 보지."

"오! 거만하기도 하군."

거만하긴 한데 충분히 다시 오고 싶은 곳이야. 재빨리 동전을 하나 꺼내 물수제비를 띄웠다. 관광객 대부분이 동전을 던지는 와중이라, 수면을 박차고 날아가는 동전의 주인은 자연스럽게 주목되었다. 나 말이다.

거센 회전력을 받은 동전은 서너 번이나 수면을 박차고 연못 밖으로 튕겨 나갔고, 관광객들은 다시 나를 주목한다. 한 번 더 해요? 주머니에 남아 있던 동전 하나를 더 꺼내어 이번에는 높이 던진다. 동전은 공중에서 빛나다 포물선을 그리면서 언못 한가운데로 들어갔다.

풍당!

옆에 계신 분의 설명에 따르면 동전을 두 개 던지면 사랑이 이루어진다 한다. 하나는 안 들어갔잖아, 바보야. 안 봤니?

이탈리아에 오면서 느낀 것인데, 좋은 관광지가 되려면 실제 구경거리도 중요하지만, 정부 정책도 상당히 중요한 듯하다. 관광 테마에 맞추어서 간판이나 표지판들의 디자인과 색상이 어우  러지지 않으면 촌스럽고 기억에 남지 않을 것이다. 그러나 이렇게 로마같이 유적과 현대화된 신호등이나 각종 안내판이 깔끔하게 조화를 이루면 훨씬 세련되고, 이미지 자체가 정확하게 각인된다.

'아! 로마. 그 옛 문화가 품위 있고 멋지지만, 현대화가 전혀 불편하지 않게 조화된 클래식한 도시.'라는 생각이 이미 나부터 들기 때문이다.

트레비 분수 뒤에는 스페인 광장이 있는데, 로마의 휴일이라는 영화로 유명하다. 동기들 몇 명은 저기서 아이스크림을 먹어야 한다고 우르르 가게로 가 버렸다. 문화 콘텐츠의 역량이 정말 굉장하군. 우리나라도 영화, 게임, 애니메이션, 개인 방송 등을 통해서 남대문 앞 광장이나 부산 자갈치 시장 같은 곳의 가치를 향상시키면 그야말로 무에서 유를 창조하는 우리의 관광 자원이 되지 않을까. 적극적으로 지원해 주었으면.

세계적인 관광 도시답게 간판 하나하나 독특하고, 한눈에 들어오게끔 하여 두었다. 이탈리아는 전반적으로 과거와 현재와의 만남이 잘 이루어져 있다. 아주 잘 조화되어 있고 이것이 또 관광이라는 이름으로 국

가의 재산이 되고 있었으며, 국가 이미지와 국민들의 자긍심이라는 무
형 자원으로 작용하고 있었다. 멋지다. 거대한 자기 유물들을 보존하기
위한 명목으로 사람들의 편의를 막지도 않으며 동시에 개발이 과거를
파괴하는 법도 없다. 보라.

여기는 뭔가 새로운 것 하나가 만들어질 때 문화재를 보호하고자 하
는 시민 단체의 입김이 무섭다 한다. 그래서 전철 역시 2호선이 전부다.
현재 3호선을 추가로 만들려는 중인데 팽팽한 회의가 이루어지고 있다.
균형 발전을 추구하는 상호 감시와 합리적 조율은 언제나 좋은 결과를
낳지. 조화로운 성장을 응원합니다.

로마는 관광거리가 천지다. 굳이 차를 이용하지 않더라도 꾸준히 거
리를 걷다 보면 자연스럽게 다음 관광지로 이어진다.
"콜로세움이다."

콜로세움, 그 유명한 노예 검투사가 싸우고 '다이 올 얼라이브'를 외치던 곳. 사실 경기장뿐 아니라 극장으로 사용되었고, 중세에는 교회로도 쓰였다 한다.

로마는 정말 볼 것이 많아서 먹는 시간이 아까워 복귀 시간 끝까지 구경하다가 체인점에서 햄버거로 식사를 마쳤다. 벌써 어둑어둑하다.

바티칸, 바티칸,
국가의 가치는 영토의 크기에 비례하지 않는다

해가 지기 전에 서둘러 보러 온, 세계에서 가장 작은 국가라는 바티칸. 바티칸은 하나의 성당 도시가 국가를 이룬, 그러니까 작은 도시가 하나의 국가인 셈이다.

특히 이 성 베드로 성당은 성당 위에 역대 성인들이 조각되어 있는데, 원래는 새로운 성인이 나타나면 그분을 조각하여 설치해야 해서 점점 수가 많아져야 하지만, 세월이 흐를수록 나타나는 성인의 수가 줄어 조각상의 수가 유지되고 있다 한다. 저걸 깎아서 만들다니 미켈란젤로와 라파엘로는 미쳤어.

내부로 들어가면 더욱 장관이다. 사진으로 담기가 어려울 정도다. 성당 입구에서 오른쪽에는 그 유명한 미켈란젤로의 피에타 조각상이 있다. 사람이 엄청나게 붐벼서 다가가기도 쉽지 않다. 아쉬워서 기념품 가게에서 하나 구매했다.

나는 그림으로 그리라고 해도 할 수 없을 섬세한 묘사를 조각으로 표현했다. 대리석과 금장식, 창을 통해 들어오는 태양과 여러 색채가 어우러져 성당 내부는 은은한 금빛을 이루었고, 화려한 것을 뛰어넘어서 존엄한 느낌까지 자아냈다. 예술이 종교를 완성시킨 것인지 그 반대인지.

오벨리스크. 이집트에서 본 것과 같이 원래는 이집트 전통의 건축물이다. 유럽에 오벨리스크가 유행하게 된 동기에 대해서는 나폴레옹에 관련한 이야기가 많다. 나폴레옹이 이집트 침공을 했을 때, 그들의 문화유산에 그렇게 관심이 많았다 한다. 그중 높이 솟아 있는 오벨리스크가 유독 권위적이어서 유럽으로 많이 가지고 왔는데, 이때부터 유럽권의 사치품 중 하나가 되었다. 특히, 바티칸의 오벨리스크의 최상부에는 십자가가 붙어 있는데, 이는 가톨릭의 완전한 지배를 상징한다고 한다. 종교가 문화와 예술을 낳았지만, 다른 상징도 있었군.

바티칸은 기본적으로 장벽으로 둘러싸여 있고, 이 내부만 바티칸 시국인데 그러다 보니 개방되어 있는 정문의 경우에는 차선 하나만 넘으면 이탈리아다. 이것이 지구촌…!

이런저런 관광과 감상을 즐기다 보니 어둠이 깔리기 시작했다. 벌써 7시다. 저녁은 이탈리안 레스토랑에서 먹기로 했는데, 천사의 다리라는 낭만적인 건축물을 지난다. 과거 베르니니라는 예술가가 그의 제자들과 함께 만든 천사의 조각상이 수백 미터나 되는 다리에 규칙적으로 설치되어 있고, 그 끝은 산탄젤로 성과 이어지게 되어 있다. 그 근처가 오늘의 저녁 식당이다.

이탈리아 음식. 이제껏 피자와 라자냐로만 배를 채웠었지.

스테이크를 닮았지만 쪄서 나온 고기 요리와 토마토 파스타다!

8명이 앉는 테이블에 앉았는데, 제일 첫 자리에 앉은 덕에 나는 가장 빨리 음식을 받을 수가 있었고, 마지막, 그러니까 8번째 친구가 음식을 받기 전에 파스타를 다 마셔 버리는 혁혁한 성과를 종업원에게 보여 줌으로써 나를 경외하는 눈빛을 만끽할 수 있었다. 이어서 고기 요리와 파스타를 3개씩 더 주문함으로써 주방장에게 자신의 요리 솜씨에 대한 자긍심을 한껏 고무시킬 기회를 제공했다.

"오늘 먹은 것 중에 가장 맛있는걸요?"

종업원에게 엄지손가락을 올려 보이며 말했다.

종업원도 내가 칭찬하는 줄 알고 엄지손가락을 치켜 올려 보였다. 그레이트를 뜻하는 만국 공통 제스처. 하지만 내가 종일 먹은 것이라고는 햄버거 하나라는 것을 알 필요는 없겠지.

해군 세계 태권도 시범단

"오늘이 제관들이 그동안 연습해 온….."

아흠, 새벽부터 피곤하다. 하여간에 저분이 말씀하고자 하는 요지는 오늘은 태권도 시범 공연을 하는 날이고, 잘하지 않으면 잘하는 몸으로 만들어 주겠다는 뜻이다.

스물댓 명으로 구성된 태권도 시범단은 외교적으로도 국위 선양, 국가 및 해군 홍보 차원에서 상당한 의미가 있다. 물론 힘들다. 개인 활동 시간도 적고 해군 대표 시범단이니까 연습도 많이 해야 한다. 나는 고작 초단인데 이것저것 다른 운동을 많이 해서 야매 발재간으로 들어왔다. 누구나가 다 아는 차출 문화에 힘입어 들어왔지만, 나에게 이런 황송한 기회를 준 대한민국 해군 태권도단에 매우 감사한다. 나에겐 영광이다. 정말이다!

내가 열심히 하는 만큼 우리나라에, 해군에 이익이 된다는 것을 직접적으로 느낄 수 있는 경우는 거의 없다. 특히나 나는 아직 계급도 낮고 아는 바도 많이 없어서 우리나라와 우리 해군을 강하게 만들고자 노력하시는 분들을 보면 감동스러울 뿐이다. 정말 우리가 얼마나 강한지를 보여 주고 싶다만 잘 못하니깐 무리한 것은 시키지 않았다. 동기들아,

힘을 내! 나는 송판을 강하게 잡을게!

어쨌든 기항지마다 문화 탐방은 조를 이루어서 다니게 되는데, 기항지를 다녀오고 나면 보고서를 작성해야 하기 때문에 자료 수집이라는 압박감이 늘 존재한다. 그러나 오늘 같은 경우는 태권도 시범 전 약간의 개인 시간을 받을 수 있었고, 오랜만에 함께 다니던 동기들의 무리에서 떨어져 움직일 수 있었다. 우선 지나가다 보았던 독특한 가게들을 탐방하기 시작했다.

겉으로 얼핏 보면 갑옷이 놓여 있거나 장식이 특이한 경우가 많지만, 정작 파는 내용물은 특별한 경우가 잘 없다. 대체로 군것질거리 등일 뿐. 하지만 이렇게 혼자서 거리를 다니니 훈련이나 문화 탐방 느낌보다도 여행 온 것 같아 또 다른 매력이 있다. 기회가 없어서 그렇지 나도 해외여행 한 번쯤 가 보고 싶었지. 그러나 내 동료들의 넘쳐 나는 동기애는 나를 가만히 두지 않았다.

"여어, 왜 혼자 다녀?"

"아, 혼자 여행도 하고 사진도 찍고. 재밌게 놀아."

"아~ 그래, 나중에 보자."

이렇게 한 무리가 지나가고 나면.

"어~이, 왜 혼자냐?"

"아아…, 나 볼일이 좀 있어서. 하하."

"캬캬캬, 왕따냐?"

이 끈끈한 동기애는 당최 왜, 날 혼자 놔두질 않는 것이냐.

몇 시간 지나자 금방 태권도 시범 시간이 되고, 오늘도 역시 아무도

실수하지도, 다치지도 않는 성공
적인 공연을 했다.

공연은 초반에 송판 격파, 중
간에 태권무, 태권무는 그러니깐
태권도 품새 동작들을 음악에
맞추어서 보여 주는 것, 마지막
으로 고난도 발차기와 시범 대련을 보였다. 태권도는 격투기로서의 실용
성 논란을 떠나서 한국을 대표하는 무술로 자리 잡아 참 멋있다. 이탈
리아의 밤이 깊어진다. 고되게 걸은 피로가 새벽을 덮친다.

자고 일어나니 바로 출항이다. 이탈리아를 떠나서 프랑스로 간다. 유
럽이라는 새로운 세계를 보여 준 이탈리아 라스페치아를 현 측에 서서
내려다본다. 그런데 저 멀리 요트 하나가 이쪽으로 다가온다.

"야, 저거 뭐냐?"

"그러게, 명확하게 이쪽으로 오는데?"

다분히 수상하게 바라볼 때쯤 요트에서 우리를 향해 외쳤다.

"치아오! 코리언."

고맙습니다. 안전 항해 할게요. 많이 배워서 갑니다.

첫 유럽은 참 아름다웠습니다.

라스페치아에서 프랑스 툴롱까지
단 하루의 항해

"이탈리아에서 프랑스까지는 꽤 가깝지 않아?"

"그렇지, 내일이면 도착하니깐."

워낙에 아름다운 밤바다와 하늘을 볼 수 있다 보니 평소에는 그렇게 피곤하던 야간 항해였지만, 하루밖에 기회가 없다는 것이 아쉬울 정도다. 오늘 야간 당직은 아니지만, 야간에 항해 공부도 하고 야경도 볼 겸 함교에 올라가 볼까? 과업이 끝나고 어차피 곧 함교에 갈 것이라 근무복을 입은 채로 잠깐 침대에 누웠다. 쿨...

사관학교에 입교하면, 우선 한 달간 기초 군사 훈련을 받는 가입교라는 코스가 있다. 나는 8소대.

우리 소대장의 첫인상은 꽤나 멋있었다. 카리스마가 있다는 표현이 더 정확할 것이다. 어떤 모습이었는가 하면, 눈이 보이지 않게 깊게 눌러 쓴, 챙이 긴 검은 모자의 중앙에는 생도 3학년의 흰색 3줄이 세로로 그어져 있었고, 우측 관자놀이 부분에는 그의 이름이 금실로 수 놓여 있었다. 그 아래로 다시 봐도 유난히 긴 모자챙의 그림자가 드리운, 뾰족하면서도 남자답게 각진 턱이 왠지 모를 위압감을 풍기고 있었다.

그와 함께 떡 벌어진 어깨에 두툼한 가슴 근육, 훗날 그것의 정체가 밝혀질 때의 어이없음을 생각하면 아직도 괜스레 겁먹은 그 날이 억울하지만, 근육과 함께 곧게 펴다 못해 배를 내민 듯 팽팽한 라인, 그 아래를 따르는 가늘어 보이지만 탄탄함이 묻어나는 다리는 항시 어깨너비만큼 벌어져 있어 절도의 교과서를 보는 듯한 느낌이 들었다.

이렇게 온몸의 근육들이 늘 긴장해 탄력이 느껴지는 몸매에 알맞게 맞추어진 전투복은 은빛으로 빛날 만큼 다림질을 해서, 팔과 등판의 주름은 손대면 베일 것 같은 모습이었다.

"말해 두지만, 앞으로 귀관들이 받을 훈련은 지금까지 생활에 비해 무척 힘들고 고되다! 하지만 이를 악물고 이겨 내면, 최고의 해군사관생도로 만들어 주겠다! 못 견딜 사람은 지금 당장 왔던 길로 나가 주길 바란다!"

그날 새벽.

"어제 뭐가 힘든 건지 얘기를 해 줬어야지. 치사한 자식."

새벽 1시의 갑작스러운 비상 훈련을 받고 다시 3명의 룸메이트와 나, 이렇게 4명이 옹기종기 모여 그 악마를 씹어 대고 있었다. 크으, 아직도 분이 안 풀린다. 뭘 어떻게 해도 생도가 되려면 이래야 한다고 굴리고 소리치고.

"그나저나 내가 너희들한테 줄 선물을 준비했지야."

광주 사투리가 독특한 이가 입에 하나씩 넣어 주는 것은 건빵이었다. 오전에 악마가 우리 따위는 부식인 건빵을 먹을 가치도 없다면서 군홧발로 밟아서 쓰레기통에 버렸었는데 스페셜 포스(이와 나)가 파견되어 휴지통에서 건져 온 그것이었다. 나는 그 자리에서 호주머니에만 좀 넣어 왔는데 이 자식은 어디에다 이렇게 많이 넣어 가지고 온 거야. 밖에서는 목이 막히고 맛도 심심해서 건빵을 안 먹었는데 이것은 다르다.

"야, 이거 건빵 맞냐?"

"왜 입에서 녹는 거지?"

"내 마음도 녹는구나!"

"난 혓바닥도 녹아 버렸어."

"조심혀, 군대 건빵에는 성욕 감퇴제가 포함돼서 많이 먹으면 남자 구실 못하게 된대."

"나 고자 될 테니까 하나 더 줘."

"나도."

"나 지금 거세할 테니까 한 박스 달라고 해야겠다."

순간의 유혹으로 장래의 생명을 포기하려고 하다니. 하지만 그만큼 건빵은 매력이 있었다. 어떤 맛이었느냐 하면 아주 달다. 설탕의 단맛이 아니라 은근히 느껴지는, 밥을 오래 씹었을 때 느껴지는 질리지 않는 단맛이 굉장히 증폭된 맛? 그러면서도 퍼지는 밀가루의 팍팍한 향기는 그 감칠맛을 더했다.

틀림없이 이 건빵이 특별히 맛있는 게 아닌 것이, 그냥 여기서 먹는 음식 대부분은 입에서 싹 녹아 버린다.

"근데 이 너 어떻게 이렇게 많이 챙겼냐?"

"나? 팬티 앞뒤로 넣었지야."

"뭐!"

"이 쌍놈 시키야. 퉤퉤!"

"퉤퉤!"

입에 물고 있던 베개 커버를 뱉으며 일어났다. 음, 아침이군. 지중해의 밤을 놓쳤어. 야간 항해는 뭐 다음에 또 있으니깐.

프랑슨가?

프랑스

툴롱

예술과 해군의 도시

"라파예트다!"

독특한 형태의 프랑스 최신예
구축함, 라파예트가 나타남으로
써 기항지가 가까워져 왔음을 느
낄 수 있었다. 참고로 라파예트
는 프랑스 혁명군 사령관의 이름으로, 프랑스에서는 전설적인 군인이자
정치가로서, 특히 미국 독립 전쟁에 참가한 무투파다. 우리나라로 치자
면 김좌진 장군님 정도 되려나?

역시랄까 뭐랄까, 해군은 첨단 기술군이기 때문에 경제력과 해군력은
비례하기 일쑤이다. 신기술은 연구 및 실제 개발에 이르기까지 상상보다
많은 금액이 들어간다.

재미있는 점은 우리나라의 경우에는 해군과 해양력이 없다면 경제 유
지도 어렵다는 것이다. 우리나라가 수출입으로 경제를 유지하고 있다는
것은 누구나 알 것이다. 하지만 우리나라의 수출입의 99.8%가 해양으
로 이루어진다는 것은 그다지 알려지지 않았다.

우리나라는 수출입 항로를 점점 늘려 가야 하는데 해적들과 다른 국가들의 견제가 만만치 않고, 이것을 해결하는 기관은 타 정부 부서나 경찰이 아니라 해군이라는 점은 몇몇 사람들만 알 것이다. 지금 실제로 벌어지는 사실이다. 당장 서해안 꽃게 철에나, 해안 영토 분쟁 지역에는 해군이 적극적으로 개입하고 있다. 언론에 보도가 잘 안 되어 그렇지, 어떨 때는 북한 전투함보다 수백 척의 중국 어선 같은 존재들이 위협적이고 실질적인 스트레스가 되곤 한다. 조그만 고속정으로 부딪히고 몰아내고 나포해서 해경에 인도하곤 한다.

이러한 활동이 없다면, 어느 나라의 해군이 항로를 봉쇄한다면 우리나라에서 비축해 둔 석유와 식량으로 최대한 버티어도 5개월을 견딜 수 없다는 것, 그리고 그 전에 15일 안으로 사회 혼란이 가중되고, 북한과 다른 나라의 침략을 받을 것임은 이미 군이 아닌 경제 연구소에서 발표한 바 있다.

즉 우리나라는 해군력과 해양력을 국가 경제와의 공생 관계로 생각해야 한다는 점을 항상 명심해야겠다. 음. 이상 오늘의 정훈 시간이었다. 짝짝짝. 늘 유익하네요 선생님.

우리 배가 도착한 곳은 프랑스의 작은 항구 툴롱이다. 이 툴롱이라는 곳은 프랑스 관광, 프랑스 여행, 프랑스 소개 등의 그 어떤 종류의 책자에도 잘 나와 있지 않고, 유명하지도 않다. 왜냐하면 관광지보다는 군항의 기능이 훨씬 크기 때문이다. 군항제 없는 진해랄까.

툴롱항에는 해양 박물관이 위치해 있다. 어디나 같지.

툴롱의 해양 박물관은 프랑스의 오랜, 그리고 강한 해군력을 보여 주
듯이 역사적 주력 함대들의 모습들이 잘 표현되어 있다. 그들은 과거를
기억하려는 성향이 강하군.

과거 범선들은 현 측, 그러니까 배의 양옆으로 포를 배열해서 사용했
는데, 영국의 넬슨 제독과 프랑스 해군의 전투를 보면 재미있는 전술 이
야기가 있다.

프랑스 해군은 교과서적인 진형, 그러니깐 배의 현 측에 설치된 포를
적극적으로 상대방에게 퍼부을 수 있는 일자형으로 영국 함대를 맞이
했다. 그러면 상식적으로는 영국 해군도 거기에 맞서서 일자형으로 마주
해서, 즉 二 형태로 진형을 배열해서 멀리서 대응하는 것이 상식적인데
그러지 않았지. 넬슨 제독은 과감하게 T 형태로, 즉 프랑스 해군 진형의
중앙을 향해 수직으로 들어간다. 비교하자면 일자로 설치된 포톤 캐논
에 질럿 부대가 일렬로 달려가는 격으로, 앞에서부터 집중포화 공격을
당할 수 있었지. 하지만 당시 상대 진형의 허점인 짧은 사거리, 바람의
방향을 고려, 속도와 진형에서 우위를 선점할 수 있었고, 집중포화가 되

기 전에 프랑스 해군의 진형을 뚫고 十자 형태로 함대를 배치해 버린다. 이렇게 되니 프랑스 해군은 현 측으로 배를 돌리기까지 공격 능력을 잃는 반면에 영국 해군은 양옆에 설치된 포로 좌우의 갈라진 프랑스 함대에 역포위 집중포화 공격을 할 수 있어 대승을 거두었다. 좌우 포를 모두 활용할 수 있으니 세력을 두 배로 만든 것과 같지.

이 전술의 핵심은 프랑스에서는 그 당시에 사거리가 짧지만 파괴력이 큰 포를 사용해서 상대함에 접근하여 마스트를 파괴해서 기동력을 상실시키는 것이 상식이었던 반면에, 여러 차례 해전, 특히 경험이 풍부한 해적까지도 받아들인 영국은 사거리를 우선으로 한 실용적인 포를 사용했기 때문이기도 하다. 우리나라 이순신 제독님의 무패 신화 역시도 무기 체계의 우위가 핵심적이다. 13대 133척의 대결이라 하더라도, 국지적인 면에서 보면 항상 우리 해군이 다수로 사거리를 유지할 수 있는 것이 전술의 핵심이었지. 그 유명한 학익진이 장거리포를 활용한 집중포화 전술의 좋은 예시다.

이렇듯 무기 체계의 개발은 중요한데, 무기 생산은 사용해 본 사람이, 사용할 사람의 개입이 몹시 중요하다. 무기는 대부분 그렇듯이 주문 제작이고, 더욱이 종류는 다양하고 수량은 적은 데다가 인증 절차가 많기 때문에 가격이 엄청나게 비싸다. 따라서 사용할 사람, 즉, 군인이 무기 체계 개발 시 적극적으로 참가하지 않으면 많은 비용을 들여 제작하고도 막상 쓸데없는 무기를 만들어 버리게 되는 것이다. 특히, 선박의 경우 개발해서 건조하는 데까지 5년 이상 걸리는 만큼 고정적으로 참여할 수 있는 전문화된 군인이 많이 필요하다. 과학자가 개발하고 회의를

통해서 군의 의견을 받으면 된다? 훈련에도 바쁜데 계속 직책이 변경되는 다른 조직의 군인들이 개입하기도 어렵고, 시종일관 집중하는 것도 한계가 있다.

그래서 만들어진 조직이 방위사업청이다. 전문화된 군인과 공무원이 배치되어 무기 체계에만 몰두할 수 있는 것이다. 사실 현대전은 무기의 전쟁이니 그 중요성은 어마어마하다.

항모의 등장, 진주만 기습 이후 해전의 주역으로 등장하였지. 최초의 항공모함은 1차 세계 대전 후 상선을 개조해서 만든 영국의 아크로열이라 할 수 있다. 바로 옆에 있는 엄청난 거포. 마한의 해양력이 역사에 미치는 영향의 반영, 즉 미국을 필두로 등장하게 된 거함거포주의, 그러니까 큰 배에 큰 포가 당시 해전의 트렌드였다. 그러나 신기하게도 이 거대한 파괴력을 갖춘 전투함은 이를 멀리서 관측하는 것이 중요하게 만들었고, 관측용 항공기를 운용할 수 있는 함, 즉 항모의 필요성을 만든 셈이다.

　그래서 항모의 최초 목적은 정찰용이었는데, 진주만 공습이나, 말레이 해전에서 항모와 항공기에 의한 원거리 공격이 얼마나 효과적인지 밝혀지면서 해전의 주력으로 대두했다. 역시, 계속되는 실전적인 연구만이 발전을 만든다니깐.

　해양 박물관에서 나오면 길에 그려 둔 그림들이 보이는데, 예술의 국가 프랑스, 해군의 도시 툴롱을 실감할 수 있다.

　날씨 운이 좋은 것인지 프랑스가 원래 그런지 공기가 핑장히 청명하고 하늘이 맑군. 프랑스가 해양 스포츠로도 유명한 것은 알지만, 해안을 보니 새삼 실감이 나.

　"요트다."

"그러게. 해양 스포츠 할 때 요트도 재밌었는데."

"그건 너무 귀족 스포츠라 나는 스킨 스쿠버를 했지."

"아, 낙지 건져서 화장실에서 토막 치다 걸린 게 너지?"

"..."

그런 사소한 이야기는 기억할 필요 없어, 친구.

프랑스의 해안 도시

툴롱 거리 역시 이탈리아 라스페치아 때 느꼈던 바와 같이 상당히 한적한 거리였다. 거리에는 우리뿐이다.

"아직 군항 근처라 그런 거겠지?"

"응, 좀 더 걷다 보면 중심지야."

"거기 뭐 있는데?"

두가 안내도를 보면서 말했다.

"보자… 오페라 하우스?"

아, 저기 보인다. 오페라 하우스 앞. 유럽은 전반적으로 뭐랄까. 어딜 가든 외부에서 즐기는 문화가 잘 발달되어 있어. 커피 가게가 있다면 항

상 근처 길옆에는 파라솔과 의자가 설치되어 햇빛을 받으면서 차를 즐길 수 있는 구조가 만들어져 있다. 듣기로는 백인들의 경우 충분한 일조량을 몸에 쬐어 주지 않으면 병이 난단다.

그것은 기본적으로 공기가 좋고, 덥고 추운 날이 적어서 가능한 문화겠지? 우리도 날씨 좋을 때 일시적으로 하니깐.

생각해 보니 초등학교 2학년 때였나, 선생님이 우리나라의 장점에 대해서 교육하면서 사계절이 뚜렷한 것을 말씀하신 적이 있다. 아직도 그렇게 가르치는지는 모르겠지만, 의아했어. 여름엔 덥고 겨울엔 춥다. 그러다 보니 냉방기도 필요하고 난방기도 필요하다. 계절별로 옷도 사 입어야 하지 않나? 그러나 선생님은 겨울에는 스키를 탈 수 있고 여름에는 수영을 할 수 있다고 하셨지. 선생님처럼 활동적인 분도 있지만 아닌 사람도 있어요.

책을 아무렇게나 쌓아 놓은 헌책방이 보인다. 도색 만화와 성인 잡지가 선정적인 표지를 그대로 드러내며 전시되어 있다. 저래도 되나? 그

옆에 우리나라의 만화도 제법 많이 수입되어 프랑스어로 번역되어 있었다. 뿌듯하다!

솔직히 나는 미국이나 유럽 만화를 그렇게 즐겨 보지 않는다. 어릴 때부터 한국과 일본 만화에 길들어 있어, 컷을 나눈 형식이나, 그림 등이 익숙하지 않아. 대신에 웬만한 한국, 일본 만화는 너무 재밌게 봤었는데 안타깝게도 자주 보던 한국 만화 잡지들이 조금씩 줄어들고 단행본도 점점 안 나오게 되었다. 자세한 사정은 모르지만, 좋아하는 문화 콘텐츠가 하나 사라지는 느낌은 왠지 삶의 재미가 하나 없어지는 느낌이라 슬프다. 대신 요즘에는 인터넷에 웹툰이라는 형태로 만화가 성행하던데, 일본이 애니메이션에서 선두를 차지한 것과 같이 우리나라는 이 웹툰으로 선도해서 세계 문화의 일등이 되었으면 좋겠다.

이런저런 생각을 하면서 일단 툴롱을 한 바퀴 돌고, 백화점에서 바게트 하나와 작은 딸기잼을 샀다. 앞서 맛을 본 김 중사의 충고다. 우리는 환전을 적게 해서 가난한 그룹으로 만났다. 몇 개국을 돌고 나니 이제 자유 시간에 쓸 돈이 없어.

"제가 3유로로 점심을 먹었는데요."

"오, 싸다! 팁 좀 줘요."

"여기 바게트는 겉은 딱딱해서 맛은 없지만 속은 촉촉하고 고소해요. 그래서 먼저 속을 먹고, 그 자리에 잼을 채워 넣어 먹으면 딱 좋습니다."

그래요? 왁왁.

엄청 다네요. 켁.

칸과 니스,
우아한 해변의 도시

오늘 일정은 좀 빡빡하다. 칸-니스-모나코까지의 대장정이다. 각각의 거리는 버스로 1시간 이상씩 소요되어 왕복을 생각한다면 대략 6시간이 걸리는 셈이다.

가이드가 우리를 위한 서비스 멘트를 한다.

"프랑스의 여성들은 동양 남자를 무척 좋아하며, 특히 여러분같이 제복을 입거나 한 경우에는 더 해요. 태권도를 할 줄 알면 아주 끝장이에요. 길을 잃어버리면 데리고 갈 걸요?"

입에 발린 말인 줄 알면서도 기분 좋아지는 대사. 하여간에 설명에 따르면, 어느 정도냐 하면, 자신의 친구 중 태권도를 할 줄 아는, 정말 평가하기에 민망할 정도의 외모의 소유자인 남성, 누군가 자꾸 떠오르는데… 뭐? 안돼…! 하여간 있는데, 그 사람이 너무 많은 여성들의 연락에 지쳐 전화를 끊고 살았단다. 하지만 그 와중에도 어느 한 여성은 칼을 가지고 쫓아오기까지 했다는 일화가 있다.

"돈을 빌린 것 같습니다."

"아닙니다, 말 끊지 마세요."

네 미안합니다. 이런 이상 현상의 이유는, 동양인들이 서양인에 비해서 아무래도 남녀 간 문제에 대해서 책임감이 있고, 매너도 좋은 편이기 때문이라 한다. 하긴 내가 아는 한 캐나다인은 세 개국에 애인과 아이가 있는데 모두 결혼한 관계는 아니란다. 서양

남성들은 여성들을 무척 유혹하기 쉬운 대상으로 알기 때문에 종종 실수하는 분위기인지라 동양 남성들은 책임감 있고 가정적인 이미지를 가지고 있단다. 오, 누구신지 모르겠지만, 인상 형성 잘해 주었어요. 고맙습니다.

어느새 칸 해변에 도착했다. 영화를 잘 모르지만, 칸 영화제라는 게 있다는 것은 안다. 이곳은 매월 행사가 열리고, 한 달 후, 한국 주최의 행사가 열리는데 홍삼도 팔고 드라마 홍보도 한다고 한다.

저곳이 칸 영화제가 열리는 건물인데, 생각보다 시간이 많지 않아 들어가지 않았기에 자세한 접근을 할 수 없다.

"캬, 영화제보다 해변이 훨씬 근사하구나."

프랑스 바다에는 요트가 참 많다. 프랑스인들이 바다와 함께하는 문화를 워낙 좋아하는지라 집이 없고 요트에서 생활하는 사람도 꽤나 많다고 한다.

"야, 우리도 집값 비싼데 요트에서 살면 어떠냐?"

"집값보다 요트가 비싸."

"서울에 이런 데는 몇억 할걸?"

"요트도 몇억 해, 게다가 해안가 주변 주택을 기준으로 해야지."

"아, 그렇군."

결국 요트에서 사는 사람은 집을 살 수 있는 능력이 되지만 그냥 요트에 사는 걸로. 하긴 일본의 페라리 거지라는 유명한 일화랑 비슷할지도? 페라리를 엄청나게 가지고 싶었던 한 사람이 모든 재산을 처분하고 페라리에서 생활한다는 것이다. 밥도 페라리에 앉아서 컵라면만 먹고.

조금은 시시한 칸 구경을 마치고 니스 해변으로 출발했다. 가는 길에 근사한 호텔이 보인다. 가이드가 또 설명을 시작했다.

"바로 저 호텔에서 재밌는 일이 있었죠."

오, 이런 이야기 좋아.

"저 호텔 주인은 세계적인 부자였죠."

"였죠?"

"네, 지금은 고인이니까. 말 자꾸 끊으시네."

합죽이가 됩시다. 합.

"하여간 그 세계적인 부자 주인은 자식도 친지도 없는 외톨이였죠. 단지 있다면 그가 애지중지하는 강아지가 한 마리 있었는데 운명하실 때 그 강아지에게 모든 유산을 상속한다고 유서를 남겨서 한바탕 소란이 있었죠. 실화예요."

그래? 음… 결국, 그 재산은 강아지가 받았나?

"결국, 강아지가 재산을 받고 어떤 사람이 관리하는 것으로 정리되었다고는 하는데 그다음 이야기는 자세히 모르겠네요."

개가 돈이 많으면 뭐 하려나. 화폐란 인간이 이용하는 것인걸. 주인이 어떤 기분으로 그런 유서를 썼는지는 알겠지만, 결국 그 유산은 사람이 사용할걸. 그럴 바에는 동물 보호 단체에 기부하면서 의탁하지 그랬어.

현대 사회에서의 부의 가치와 개라는 동물의 부조화에 대한 복합적인 모색 및 부적절성의 결론을 도출하는 가운데 니스 해변에 다다랐다.

"니스 해변의 이 해수욕장은 무려…."

두구두구… 뭐지?

"누드 비치입니다."

"오오!"

여기저기 탄성이 흘러나왔다. 그 영향력이라는 게 생각보다 대단했다. 심지어 평소 그렇게 점잖은 모습을 보이던 진지의 대명사 준이라는 동기생은 망원 렌즈가 부착된 DSLR을 꺼내 들었다. 주변에서 생도의 품위를 유지하기 위해 만류하기 시작했다! 막아! 잡아! 이미 찍었어? 그럼 사진은 따로 챙겨!

해변에는 완전 누드인 어르신들도 있지만, 보통은 비키니 같은 것을 걸치고 있었다. 어제부터 궁금했던 백인의 일광욕에 대해서 물었다. 확실히 백인들은 충분한 태양 빛을 쬐지 않으면 다리가 부어오르거나 감기에 걸린단다. 그리고 태양이 작열하는 여름보다 가을, 그러니까 9월인 지금이 본격적으로 일광욕 철이라고 한다.

니스 해변, 그 자체로는 그렇게 아름다움을 느낄 수는 없었다. 오히려 우리나라 제주도 바다가 자연 그 자체로는 훨씬 아름다운 것 같다. 사실, 니스 해변의 진면목은 가까이서 보는 것이 아니라 높은 곳에서 내려다보는 것이라 했는데, 버스가 굽이진 언덕길을 오르자 이해할 수

있었다.

 이 풍경을 내려다보는 언덕에는 세계적인 별장과 호텔들이 모여 있다. 심지어 유명한 마피아의 별장도 있다 한다. 정기 회의도 종종 열려서 그 때는 몸을 사려야 한다는군. 그래? 일반인을 건드리면 마피아고 야쿠자 고 조폭이고 너무 멋없는 거 아닌가.

 또, 니스와 모나코 사이에는 프랑스의 유명한 화장품 가게가 있다. 프 랑스에서 굉장히 유명한 곳이라는데 모르겠어.
 "이름이 뭐라구요?"
 "…(무언가 프랑스어)! 라구요."
 …라기 때문이다. 본토 발음은 참 알아듣기 힘들지.
 주로 향수를 만들고 비누도 만든다고 하는데 가격이 상당하다. 직접 꽃잎을 채취해서 이를 짜내어 만들기 때문이라는데, 장미 향수 1리터를 만들기 위해서는 2톤의 장미꽃이 필요하다니깐. 음. 그만한 가치가 있을

지도? 저 거대한 플라스크를 이용해서 장미 엑기스를 만드나 보군.

오리 모양의 비누가 귀엽다.

버스는 또 한참 달린다.

프랑스어를 쓰고, 프랑스 국가 내에 있지만 독립된 왕국인 모나코가 다음 장소이다. 세계는 보면 볼수록 넓고 알 수 없는 게 가득하다. 어깨에 힘을 빼고 계속해서 걷다 보면 나의 세계도 넓어지는 것을 느낄 수 있어.

모나코, 모나코 왕국, 프랑스의 아름다움을 압축한 왕국

니스에서 모나코까지는 길이 곧바르게 이어져 있다. 거리로는 상당하지만 차가 막히지 않아서 시간은 오래 걸리지 않는군.

니스에서 출발할 때는 해변이 있더니, 도로를 타고 가니 바다 풍경은 사라지고 오래되어 보이는 건물들이 나왔다. 스쿠터가 차선을 넘어 버스를 아슬아슬하게 지나면서, 열려 있는 내 창문 너머로 뭐라고 외쳤다. 저거, 욕 아니야? 이익!

"즈 누…샤라바라 마라마라 바라바라!"

순간적으로 프랑스 뉘앙스를 떠올리고 내뱉었더니 이런 이상한 용어가 나오는군. 흠. 내가 그래도 2년간 프랑스어를 배웠는데 반성해야겠어.

모나코는 모두가 알다시피 왕국이다. 왕도 있고, 왕자도 있고. 작은 나라로도 유명한데 아쉽게도 이번에 다녀온 바티칸에 밀려 가장 작은 나라의 명성을 빼앗겼다. 아쉬운 건 아닌가?

"저곳이로군."

근엄한 원의 목소리.

"뭐가?"

"아따 왕이 산다냐."

그래, 넌 그 사투리를 쓰는 것
이 어울려. 사투리를 따라 한다.

"태국에도 일본에도 왕이 있잖여."

"말투 따라 하지 마야."

"따라 하지 말라고오."

가이드는 버스에서도 레슬링이 가능하다는 것을 몸소 보여 주고 있
는 두 금수를 보고 혀를 끌끌 찼고, 우리 주변의 녀석들은 아직 이 광경
에 익숙해지지 않은 가이드를 보고 앞으로 적응하기 힘들 것을 예상하
며 다시 한 번 혀를 찼다. 끌끌.

아고, 치사하게 손목을 꺾었어.

서로 필살기를 먹이고 지친 우리는 경청하기 시작했다.

"모나코는 모두가 아시다시피 왕국이에요. 전기나 수도 등은 프랑스와
같이 사용하고 있고, 국가 안보 역시 프랑스에 모두 맡겨진 상태지요."

오호… 이거 신기한걸. 자신의 공공 자원 제공과 방어 능력을 잃어버
렸는데 국가로서 존재한다는 건 좀 특이하지?

하긴 2차 대전에서 패배한 일본의 경우에도 국방에 관한 모든 권한
을 미국에 넘겨줌으로써 경제 개발에 힘을 쏟았다고 하지만. 여기는 관
광에 힘을 쏟아서 경제를 성장시키는구나. 그나저나 모나코, 모나코, 어

디서 들어봤는데?

"야야, 그 할머니 할아버지들이 좋아하시던 그 과자 뭐더라? 그 안에 팥 앙금 들어 있고 단 거."

"아, 모나코! 모나코! 그렇구나!"

두와의 대화를 듣던 원이 한심한 듯 이야기했다.

"그건 모나카, 아후 모질아."

민망함과 함께 2차전이 시작되었다.

전투가 끝날 때쯤에는 이미 모나코에 도착해 있었다. 크지는 않지만, 해양 박물관과 성당을 필두로 온갖 조형물들이 화려하고, 어찌 보면 사치스럽게 설치되어 있다. 해양 박물관이다.

햇살이 금빛처럼 쏟아지고 보드라운 잔디는 비단 같다. 해양 박물관
에 들어가고 싶었지만, 모나코는 프랑스보다도 물가가 비쌌다. 환전 좀
더 할걸. 다행히 모나코 성당은 무료입장이다. 자애로운 마리아님, 감사
합니다.

항상 이런 거 보면 느끼지만, 고생이다. 군함 보수만 해도 페인트칠
하고 녹 제거하고, 먼지 닦고, 그리스 바르고, 종일 붙어 일해도 관리가
쉽지 않은데, 이렇게 큰 곳은 관광객이 늘 많은 데다가 촛불 관리까지.
생각보다 인건비가 상당하겠구나.

"이런 거 맨날 보수 과업 하려면 죽겠다, 그치?"

"넌 그런 쪽으로밖에 생각이 안 드냐? 종교를 느껴 봐."

"니가 이런 쪽으로 머리가 안 돌아가니까 점점 때마다 호명하는 거야. 모지랭이야!"

3차전이다. 우연히 지나가던 한 금발 아가씨가 성스러운 성당에서 삼각 조르기로 상대방을 실신시키는 내 모습을 보고 화들짝 놀라 달아나는 등 약간의 난동을 피웠고, 시선이 그녀에게로 집중된 틈을 타서 덜 부끄럽게 빠져나올 수 있었다. 쌩.

환영해 주는 다른 관광객들을 뒤로하고 아기자기한 가게가 즐비해 있는 잘 포장된 도로를 따라서 한참 올라가면 모나코 왕이 사는 성이 나온다.

왕궁에는 마치 '슈퍼 마리오' 게임을 할 때 보너스 점수를 주는 것 같이 생긴 깃발이 전시되어 있었는데, 왕이 현재 이 성에 없다는 뜻이란다. 해군에도 비슷한 문화가 있는데, 배의 지휘관인 함장이 없을 때는 3th기라는 깃발을 올린다.

모나코 하면 또 유명한 것이 모나코 F1 그랑프리다. 저 빛나는 해변을 따라 시속 300킬로미터로 질주하면 얼마나 매력적일까.

그런데 코스를 이탈하면 집보다 비싼 요트로 직행이잖아. 선수들도 돈이 많아야겠어. 정식적인 관람석은 수백만 원이라는데 굳이 그 돈을 내지 않아도 이렇게 성 위에서 내려다보면서 경치와 경기를 함께 즐길 수 있다고 한다.

대체로 성 주변에도 다양한 조형물이 있었다. 사진을 찍다 보니 묵이 말을 건다.

"모나코성보다 중요한 사치스러운 무엇이 있지 않니?"

아, 카지노…!

"…그렇지, 물론이지."

"손지창 씨 어머니도 크게 버셨다던데?"

"크크큭… 콜!"

이 얼마나 바람직한 국가 보위의 초석들이란 말인가! 2차 세계 대전에서 일본의 군사력과 미국의 승전을 분석하는 가운데 밝혀진 명백한 사실 중 하나가 바로 현대 사회에서는 국가의 기반 경제력이 국가 안보의 기준점이 되므로 경제력과 군사력은 비례 관계를 이룬다는 이론이다. 그 이론 아래 외화를 벌어 오겠다는 충성스런 두 청년은 카지노로 향했다. 주변만 보아도 화려하다!

"이곳이 바로 모나코 카지노란 말이지!"

"라스베이거스는 저리가라인걸?"

"LA 솔직히 죽었어."

"그건 로스앤젤레스 아니냐."

"그러니까 라의 L에… 모음이 A….'

"그만."

휴, 내 평생 첫 카지노 입성이다.
괜히 긴장되잖아. 덜컥, 카지노에
들어가려 하자 정문에서 종업원들
이 길을 막았다. 나만 따라오던 묵
도 불안한 표성이다.

"야, 뭐라는 거야? 너 프랑스어
잘하잖아."

내가…? 제2 외국어는 잘한다고
하면 안 돼… 지만.

"훗. 걱정 마. 여기는 나에게 맡
겨."

휴, 배운 게 뭐 있더라.

"즈 마 뻴-르 훈. 싸 바?(내 이름은 훈입니다. 안녕하세요?)"

답변한다.

"싸 바 비앙, 메르시.(예, 안녕하세요.)"

아 좋아. 여기까진 좋아. 또 뭐 있더라.

"꼬멍 부 잘레 비용?"

어쩌고저쩌고 나는 내가 아는 문장만 얘기했고, 종업원은 못 들어가
는 이유를 설명하는 것 같았다. 묵은 뭔지 모르겠지만 내 프랑스어 실력
에 감탄하는 것 같다.

"야, 진짜 잘하는데? 어떻게 되어 가는 거야?"

그걸 내가 알면 저 사람한테 '꼬멍 부 잘레 비용'이라고 했겠니? 잘 지

내느냐는 질문이거든? 이제 내게 남은 멘트는 몇 살이냐고 묻는 것뿐이
란 말이다. 김치 좋아하느냐는 거랑. 하지만,

"정복을 입은 사람들은 출입을 못 한대."

"아, 그래?"

늘 그렇지만 잘 속아 주어 고맙습니다. 묵.

결국 카지노 안으로는 못 가지만 주변에 잘 꾸며 둔 풍경이라도 충실
하게 눈에 담기로 했다. 이것만으로도 호사이긴 해.

한창 돌아보는 중에 마침 근을 만났다.

"오, 훈, 잘 놀고 있어?"

"뭐 그냥 사진 찍고 있는 거지."

"그나저나 카지노 들어가 봤어?"

"아… 아직…."

"아, 거기 정복 입고 출입 못 한대."

엥? 갑자기 옆에 있던 묵이 끼어들었다.

"아, 그래? 에잉, 아깝게 됐네."

"그… 그렇군. 구경 잘해라."

"옹냐, 안녕."

이후로 이런 패턴이 계속되면서 정복을 입었기 때문에 카지노에 못 들어간다는 이야기는 정설이 되어 버렸다. 웃긴 점은 나중에 인솔하시는 훈육관님께서 우리를 모아 두고 마치 자신이 대화한 결과 정복을 입고는 들어갈 수 없다는 공식적인 답변을 들으셨다는 듯 위풍당당하게 발표를 하신 것이다.

뭐 이제 왔으니까 말이지, 사실 그 말 내가 한 말입니다.

세상천지 못 속일 것은 없어. 난 야매니까.

싸 바 비앙 메르시

프랑스의 마지막 날이라 무엇
을 해야 할까 생각해 봐야겠군.
강렬한 무엇을 남겨야지 하고 길
을 떠나왔지만 가혹한 선물 준비
에 자금이 부족해진 나는 길이
나 걷는 것이 다였다.

길을 걷다 보니 낚시하는 아저씨가 보인다. 갑자기 손으로 눈을 작게
만들어 보인다. 저거 그 동양인 비하 아니야? 어허….

"아저씨, 좀 낚았어요?"

물론 한국말이다. 갑자기 다가오자 놀란 듯하다. 아저씨는 낚시 통을
부여잡고 불안한 눈빛을 보냈다. 흥, 시비 걸어 놓고 가까이서 보니깐 무
섭지? 조심해요.

지나가려고 하니 낚시 통을 놓고 다시 낚시를 시작했다. 오호, 그 낚
시 통을 빼앗길까, 물고기를 풀어 줄까 무서운 건가?

"아저씨, 좀 낚았수?"

아저씨는 낚시 통을 부여잡고 다시 불안한 눈빛을 보냈다.

재미있다!

그냥 가려다가 좀 낚았느냐는 나의 안부 인사는 서너 번 더 반복됐고, 뒤통수에 강력한 일격을 맞고 멈추게 되었다. 묵. 짜릿했어.

"뭐하는 짓이야, 인마."

"자식, 넌 몰라. 저 아저씨가… 했단 말이야."

"오호, 정말?"

그는 갑자기 둘로 늘어난 한국 생선 도둑 용의자들에 의해 한참을 더 안부 인사를 받고서야 낚시에 몰두할 수 있었다.

이른 아침이라 그런지 웬만한 가게는 다들 문을 닫았군. 그러나저러나 유리 위까지도 아랑곳하지 않고 낙서를 펼치는 저 패기, 멋지다!

어라? 저 아저씨는? 한 사람 더 늘었네?

'아저씨…' 말이 끝나기 전에 아저씨는 내 눈과 마주치자마자 주변을 둘러보았다. 그의 눈은 마치 '이
렇게 주변에 사람이 많은데 네가
나를 어떻게 할 배짱이 있는 것
이냐.'라고 외치는 듯했다. 아마
저 아저씨는 오늘 이후로 '아저
씨'란 단어를 상당히 안 좋은 뜻
으로 인식할 것이 틀림없겠군.

　어디를 다니든지 먹는다는 건 중요한 문제다. 맛있는 음식을 먹는다
는 것은 때로는 여행의 목적이 되지도 않는가. 음식은 그 나라의 문화와
역사를 대변해 주기도 하고 순수한 맛을 보여 줌으로써 기량을 뽐내기
도 하고 예술성을 가미하여 또 다른 문화의 척도가 되기도 하는 굉장한
존재가 아니던가. 한마디로 요약하면 배고프단 뜻이다. 종일 굶고 구경
만 다녔더니 뱃속에서 우레와 같은 소리가 났다. 주문을 받던 직원이 깜
짝 놀라 바라본다.
　"이봐, 오해 마. 모든 한국인이 이런 것은 아니라고…."
　배가 고파서 기운 빠진 목소리로 얘기했다. 그는 알았다는 듯 알아서
빵과 커피를 내왔다.

　조금 뜯어 먹다 보니 정신이 드는군. 당이 떨어지면 머리가 멍해진단
말이지. 해롱거리다 가운데 초코를 씹고 곧 그것이 올리브임을 자각하
는 순간 벅차오르는 느끼함에 정신이 퍼뜩 들었다. 아휴 놀라라.

　그나저나 주인장은 내 상태를 정확히 알고서 적은 양으로도 최대의
포만감을 느낄 수 있는 빵을 내왔다. 좀 더 알아먹기 좋게 말하자면 더
먹기 싫은 맛이다. 대신 부족한 부분을 커피가 채워 준다. 커피는 정말
진하고 구수하다. 진한 에스프레소가 빵의 기름기를 싹 잡아 줘. 난 쓴
것도 잘 먹어, 어른스럽지?

　혼자서 끄덕끄덕거리며 커피를 기울이는 나를 보고 주인이 감동했다
는 듯이 서비스로 커피를 한잔 더 내어놓는다. 메르시.

　"Where are you from?"

　응? 주변에는 없던 여성의 목소리가 들려서 깜짝 고개를 들었다. 주
인장은 벌써 어디 가고 머리에 히잡을 쓴, 까무잡잡한 아주머니가 있었

다. 눈매가 짙고 코가 엄청 커. 이슬람 계열인 듯하다.

"코리안."

"Oh, Korean, you know it?"

"왓?"

내 손을 잠깐 잡아도 괜찮겠냐는 표정이다. 고개를 끄덕거리니 내 손을 붙잡아 올렸다. 그 위에 방금 마신 커피 찌꺼기를 부었다. 미쳤군. 미친놈이 나타났다!

뭐라고 하지? 유 크레이지? 왓 어 루드 아 유? 타이밍을 놓친 나에게 뭔가 설명을 시작했고, 짧은 영어 실력으로 대응할 대사가 느린 덕분에 무언가를 배울 수 있었다. 역시 침착해야 해.

우선 말하자면 저쪽 지방에서는 커피로 점을 본다. 커피를 마시고 남은 커피의 찌꺼기와 나머지 액을 뿌려서 흐트러진 형태를 보고 점을 치는 것이란다. 특히, 결혼 전 예비 신랑은 꼭 커피로 점을 보는 습관이 있다는 등의 이야기로 몇 분간 이야기했다. 내 점을 봐 주는 거 아니었느냐 하니깐 그건 안 본단다. 그리고 뭔가 생각난 듯 홀쩍 가 버렸다. 으음, 특이한 사람이군.

아무 목적지도 없는 시간. 아이 쇼핑을 위해 백화점으로 향했다. 특이하게도 백화점 입구에 갤러리라고 하기에는 조금 규모가 작은, 그림들이 전시된 공간이 있다.

삭발한 험상궂은 아저씨가 다가왔다. 사진 찍지 말라고? '안 찍었어요' 하는 표시로 카메라의 화면을 보여 주었다.

"오케이. 아이 디든트."

"I know, yellow monkey."

내 말에도 불구하고 빈정대는 인상으로 다가와서 카메라를 뺏었다. 게다가 멍키? 이 민머리 고릴라가 무례하잖아.

"왓 어 루드!"

멋지게 외치며 다시 뺏었다. 음, 역시 아까 이미지 트레이닝이 도움이 되었어. 왓 어 루드. 다음번엔 '왓 더 헬 아유 두잉?'이다.

아저씨는 다시 내 카메라를 뺏으려고 손을 뻗었지만, 슬쩍 피했다. 손을 내게로 향하면 머리 위로 카메라를 슥 올렸다가 다시 내린다. 아예 잡으려 해서 몸을 비켜섰다가 카메라를 몸 뒤로 숨겼다. 사사삭! 몇 번 시도하다 실패하니 바짝 열이 올라서 머리까지 빨개졌다. 삭발한 머리가 붉어진다. 삶은 문어 같다!

"컴 다운, 유 룩스 라이크 보일드 옥토퍼스."

웃자고 농담을 던졌는데 그게 화근이었는지 머리가 빨개지다 못해 얼굴이 보랏빛이다. 화내지 마요, 잘 어울려요.

"컴 다운… 컴 다운. 마이 미스테이크."

또 카메라를 뺏으려 한다. 아주 잡히면 깨부술 낌새다.

"Wait."

저쪽에서 들려오는 뭔가 여유가 있는 목소리. 막 할머니로 진입한 것 같은, 품위가 있는 여성이 있었다. 이 전시회의 책임자 같기도 하고 화가 같기도 하다. 그분은 아저씨와 잠깐 불어로 대화를 나누더니 내 쪽으로 와서 무엇인가를 설명한다. 작품들을 가리키고, 내 카메라를 가리킨 다음, 찍는 포즈를 취했다.

아, 사진 찍어도 된다고? 크게 찍고 싶지는 않았지만, 마음이 고마워서 감탄사를 내면서 찍어댔다. 자신도 찍어 달라 하신다.

잠깐 아저씨를 바라보니 좀 진정하신 듯하다. 어쨌든 물의를 일으켜 죄송합니다.
프랑스에서의 마지막 날을 이벤트로 가득 채워 보냈어.

진한 에스프레소, 붉은 석양, 인종차별주의자의 낚시통과 머리에 떠오른 석양, 친절한 사람도 있고 안 그런 사람도 있는 프랑스의 석양.

그러나 아름답고 개성 있는 매력이 멋진 프랑스의 석양! 석양!

툴롱에서 스페인까지,
군대에서의 헤어스타일

군대에서 은근히 스트레스가 되는 것 중 하나가 헤어스타일이다. 이는 보통 모자를 썼을 때 옆머리가 없어서 마치 대머리처럼 보여야 단정하다는 전통적인 선배님들과, 앞머리가 짧더라도 옆머리는 있어야 얼굴이 산다는 신세대 장병 간의 대립으로 나타난다. 그래서 될 수 있는 한 짧게라도 옆머리를 남겨두려고 노력하는데 원하는 헤어스타일을 말하기도 전에 옆머리를 밀어버리는 이발병을 만나는 경우도 잦다. 바로 이 배의 이발병이 그렇다.

오늘도 동기들의 흑백으로 나뉜 머리를 보고 깊이 통탄하며 깊은 시름을 했다. 이대로 당할 것인가? 기분이 묘했다. 소중한 것을 잃을 것 같은 느낌이랄까?

뭔가 답답한 게 변화를 줘야겠어 하고 바리깡을 들고 화장실로 향했다. 이발병에게 맡기는 것보다 내가 하는 것이 더 나을 것 같았다. 7밀리로 맞춘 후 모두 밀어 버렸다. 이목구비가 열심히 생겨서 생각보다 괜찮은데?

약 10분이 흐른 후 "어때 석호필이다." 하고 나타났다.

"앗! 강백호다!"

"저리 가, 자식들아!"

아구 열 받아. 동기들이 까슬까슬한 머리를 한참이나 만진 후에야 나는 잠이 들 수 있었다.

"귀관들은 돼지다. 아니, 그보다 못하다."

뭐야. 갑자기 저건 또 무슨 소리야.

아침부터 소대장이 또 알 수 없는 소리로 일과 정렬을 시작한다. 졸리고, 춥고, 배고프고. 정말 비참한 일상이다.

어젯밤에는 너무 배가 고파서 룸메이트들과 보급 치약을 짜서 먹었다. 많이 먹기에는 무리가 있겠지만 일단 달기 때문에 당장의 배고픔은 가셨다.

"돼지는 자기 우리 정도는 깨끗하게 정리하지. 귀관들은 뭔가! 바닥에 똥만 안 쌌다 뿐이지 화장실 꼴이 돼지우리야!"

세상에. 저런 표현을 사용하다니. 바닥에 똥을 싸는 것보다 정리 덜 된 것이 훨씬 낫지 않니? 그나저나 어제 화장실 청소 당번에는 나도 있었는데.

"총원 화장실로 무찔러."

착.

명령에는 예령과 동령이 있는데, '무찔러'라는 예령에는 달릴 포즈를 잡고, '가'라는 동령에 목적지로 달려가면 된다.

"바로."

차착.

'바로'라고 하면 다시 차렷 자세를 해야 한다. 의미가 있느냐고? 굳이 말하자면 스트레스 창조 및 주의 환기?

"무찔러… 갓!"

"악!"

우르르르.

모두 장후대 3층 화장실로 달려가는 모습이 마치 어릴 적 다큐에서 보던 얼룩말 떼들 같다. 다그닥다그닥, 이제는 워커에 뒤꿈치 벗겨질 일도, 발바닥이 아플 일도 없다. 그냥 운동화처럼 편하다.

그나저나 화장실 왜 그러지? 깨끗해 보이는데?

"총원 구부려!"

우르르 탕탕. 구부려는 엎드려 뻗치라는 뜻이다. 10평 남짓 화장실은 20명의 동기들이 모두 엎드리기에는 약간 협소한 듯하군. 화장실 왁스 냄새가 코를 찌른다.

"훈."

"예! 신입생 대대 2중대 8소대 훈 생도!"

"이거 보여?"

뭐지?

"어디서 눈깔 돌려!"

"예! 신입생 대대 2중대 8소대 훈 생도! 눈 돌리지 않겠습니다!"

"보여?"

제길, 뭐가 말이냐. 넌 동공을 이용하지 않고 사물을 볼 수 있단 말인가!

"보입니다!"

억울해!

"총원, 바닥 소핑 및 스케일 제거 실시한다. 무찔러."

착.

소핑은 비누칠 작업이다. 가루비누 같은 걸 뿌려서 바닥을 솔로 빡빡 문지르는 작업으로 가끔 비누 말고도 향을 위해서 샴푸나 다양한 것들을 사용하기도 한다.

"바로."

차착. 바로 보내는 법이 없어.

"무찔러 갓!"

"악!"

다그닥 다그닥 우르르… 푸히히히힝.

말들이 달린다. 왁스 냄새가 일단의 배고픔을 가시게 한다. 속이 울렁거린다. 사방 구분이 안 된다.

소핑 소핑… 가루비누, 왁스, 빗자루, 대야… 스케일 제거…. 칫솔, 수세미… 그리고 물기 제거용 걸레. 일사불란하다.

솔직히 왜 따졌는지 모르겠다. 여기 화장실은 내 생애 그 어떤 화장실보다 깨끗하다. 백색 타일과 소변기와 좌변기는 광이 돌고, 각종 호스 및 금속 파이프에서는 은빛이 번쩍번쩍한다. 닦은 데 또 닦고, 또 닦고 해서 얻은 화려한 우리의 예술품 중 하나다. 뿌듯하기까지 하다니깐.

눈을 뜨니 잘 닦인 간이침대 프레임 파이프가 보인다. 역시 닦고, 칠하고, 기름 쳐야 해.

이탈리아에서 발레아레스해를 지나면 하루 만에 스페인 바르셀로나에 닿는다. 날이 밝아 온다. 입항 준비다.

스페인

바르셀로나

해양 박물관 무적함대의
석양의 역사를 기록하다

항상 소개할 때, 정열과 열정의 나라 스페인이라고 얘길 하더군. 그런데 정열과 열정은 같은 말 아닌가. 유럽 기항국들은 항해 거리가 멀지 않은 덕분에 정박 시간이 항해 시간보다 긴 사치를 누리고 있다. 유럽 만세.

야간 당직이 끝나고 어스름이 해가 뜨더니 어느새 스페인 항구가 모습을 드러낸다. 와우. 항구가 특이하네. 꼭 배 모양 같은 구조물이다!

"화! 저기 봐라. 항구가 꼭 배 모양 같다. 역시 스페인의 미적 감각이란 대단하군."

"오오, 정말. 연돌에 연기도 뿜어져 나오는 게 진짜 배랑 똑같네."

"연돌? 연기? 어? 진짜 연기가 나오네."

우리가 항구의 건물로 알았던 거대한 여객선은 연돌에서 힘찬 연기를 뿜으며 출항했고, 우리는 혹시 우리 둘의 대화를 들은 이가 있는지 긴장하기 시작했다. 날씨 좋지? 음, 그렇군.

홋줄을 당기고 풀고 정신없는 입항 시간이 지나고 안착한 항구에서 그래도 상업화된 마을까지는 한 20분은 걸어야 했다. 물론 그것은 지리를 모르는 내가 선두에서 조를 이끌고 온 시간이었고, 지도를 지니고 다

닌 팀은 5분이면 충분하단다. 항상 챙깁시다, 지도.

유럽의 대다수 나라가 그렇지만, 스페인의 거리는 훨씬 더 국가의 특색이 강력하다. 어떤 건물이든 뭔가 평범하지 않으려고 노력을 한 흔적들이 보인다 할까. 건물의 아름다움과 포장도로와의 조화가 그들의 예술에 대한 자부심의 일부인 듯, 사치스럽기도 하고, 모든 사물이 어울리기도 하는 색감을 보여 준다.

나무 잠수함이 발렌시아 해양 박물관의 입구를 지키고 있다.

잠수함. 사실 아주 오래전에 알렉산더 대왕이 나무통에 들어가서 해저에 갔었다는 전설이 있는데 그야말로 전설이고, 사실 잠항 및 부상을 할 수 있는 잠수함은 미국에서 만든 터틀호를 그 시조로 본다. 잠수함의 잠항과 부상, 그리고 항해에 대해서 간략히 요약하자면 사람이나 장비가 있는 장소 외에 잠항과 부상을 위한 공간에 밸러스트 탱크가 있다. 이 밸러스트 탱크가 수상 항해를 할 때는 공기로 가득 차 있는데, 잠항하기 위해 상하부의 뚜껑을 열어 주면 바닷물이 들어오면서 공기가 빠져나가게 되어 부력이 제거되고, 함 무게로 바닷속에 들어갈 수 있다.

그러면 수상 항해 때에는 눈이나 레이더를 사용해서 항해하는데 잠항 시에는 무엇을 보고 항해를 하는가. 깊은 바다에서는 어차피 빛도 들어오지 않고, 전파가 통하지 않기 때문에 음파, 즉 소리를 쏘고 들으며 사물의 위치를 파악하는 소나라는 장비를 사용해서 탐색한다. 그보다 얕은 곳에서는 잠망경을 사용해서 바다 안에서 밖을 내다보는 것이다.

올라갈 때는 어떻게 하느냐고? 압축 공기로 밸러스트 탱크를 밀어내서 바닷물을 강제로 배출하고, 모터를 이용해서 전진하면서 잠항과 부상을 위한 핀, 일종의 작은 날개를 이용한다. 그 비행기 날개에 베르누이 법칙으로 양력을 형성하는 거, 바로 그거다. 그러다 보니 잠수함 영화나 훈련에서 보는 것처럼 20~30도로 멋있게 함수부터 박차고 올라오는 것은 좀 깊고 먼 곳에서 준비한, 다분히 연출된 것이고, 실상은 보글보글하다가 꽤 긴 시간이 흐른 후에야 바다 위로 함 전체가 철썩하고 올라오는 것이다.

이때 조심해야 할 것이, 아까 얘기했던 잠망경이나 레이더 같은 장비들이 모여 있는 함교탑이다. 관통구가 많고 장비가 집중되어 강도가 취약한 부분이어서 잠수함이 부상할 때는 충돌에 대비해 일반적으로 잠망경으로 볼 수 있는 심도까지 와서 잠망경으로 확인하고 다시 부상한다. 혹시나 그 부분이 다른 해상 물체와 충돌해서 장비가 손상되면 어지간히 위험한 지경에 이르기 때문이다. 결론적으로 말하자면, 얕은 심도의 바다에서 잠수함이 갑자기 부상하면서 어떤 선박과 충돌한다는것은 불가능이라고 해도 좋을 정도로 희박한 확률이고, 혹시나 충돌이일어났다면 그 잠수함은 어지간히 위험한 상태라 통신을 하거나 살기위해 부상한 것이다.

하여튼, 스페인 해양 박물관은 해가 지지 않는 나라의 해양 개척 시대와 무적함대의 영광을 기록한 것이 대다수다.

그런데 프랑스 해군의 대항해 시대와는 차이점이 있는데, 콜럼버스의 개척 정신이 엿보인다는 것이다. 야만적인 침략자라고도 하는 그에 관한 평가가 현재 어떻게 되고 있느냐를 떠나서, 이 나라 저 나라에서 많은 걸 가져왔고, 그걸 전시해 두었다.

이베리아 반도의 작은 나라가, 해양 개척을 통해서 거대한 제국이 되었다는 것은 해양력이 국가에 미치는 영향에 대해 시사하는 바가 크다. 특히 오늘날 영토 분쟁과 세력 경쟁이 이루어질 수 있는 개척적인 요소는 바다와 우주뿐이라고 봐야 한다. 그 세력을 키워야 한다. 한데 세력만 크다고 되는가? 스페인의 무적함대는 무려 130척의 군함과 3만 명을 넘는 병사들로 구성되었지만 졌다. 왜? 비전문 인재의 등용이 그 결과를 초래했다. 원래 무적함대의 지휘관은 스페인 해군 출신인 산타 크루스 후작이 예정되었지만 사망한다. 그러자 스페인의 왕 펠리페 2세는 해군과는 전혀 무관한 메디나 백작을 임명한다. 반면 상대방이었던 영국, 즉 잉글랜드는 그 유명한 해적 출신 드레이크 등 능력과 경력 위주의 인재를 등용해서 고작 80척의 군함과 약 8천 명의 병력으로 상대를 철저히 유린한다. 이로써 스페인의 태양은 지기 시작하며, 해상 무역권은 영국으로 넘어가고 만다. 시사하는 바가 크지?

간혹 군사 정책이나 군사 기술은 행정과 정책, 기술 전문 공무원으로 대체하고 군인은 오로지 전투 업무에만 매진해야 한다는 이야기도 있지만, 나는 약간 다르게 생각한다. 군에 필요한 모든 행정과 기술은 전투를 위한 것이고, 이는 그 부대에서 근무하고 생활해본 군인이 가장 잘 안다.

우리나라도 임진왜란 때 이순신 제독 한 분으로 왜적의 침입을 막아내지만, 중신 중 전략과 수군에 대한 이해 깊은 군사 전문가가 있었다면 칠천량 해전으로 인해 세력이 급감하는 일도 없었을 것이고, 오히려 반격했을지도 모르는 일이다.

나대용이 군인이 아니라 일반 관료로 있었다면 거북선이 만들어졌을까? 선조 주변에 수군 출신의 참모가 있었다면, 억울한 백의종군이 있었을까? 역사에 만약은 없으니, 앞으로 잘하는 수밖에 없지. 음.

해양 박물관의 한 면에는 배와 항구를 벽에 그리는 작업이 진행되고 있어 아직도 정진하고 있다는 것을 알 수 있다.

자기 나라 역사에 대한 자긍심이 가득한 모습이 보기 좋다. 앞으로 나아갈 길에 대한 고민도 잘하고 있겠지?

바르셀로나,
매 걸음이 이야기가 되는 곳

스페인은 그냥 걷기만 해도 이야깃거리라는 물기가 줄줄 나오는 스펀지 같은 거리가 동네방네 깔려 있다. 길을 가다 만나는 해골 인형과 춤추는 예술가의 모습은 그렇게 놀랄 일도 아니다.

왜냐하면 그 해골 앞에는 해골에 맞춰서 춤을 추는 대한민국 해군이 더 많은 스포트라이트를 받고 있기 때문이지. 아마 이것은 스페인인들 사이에 꽤나 긴 이야깃거리가 되어 줄 것이다.

운 좋게 구경 왔던 다른 외국인들 역시 연신 사진을 찍어댔고 해골 춤을 추는 아저씨도 함께 사진을 찍어댄다. 흥에 겨운 시간을 보낸 나는 조만간 세계 각지에 나의 흑역사가 사진으로 기록될 것을 만 하루가 지나서야 깨달았다.

길에서 특히 두드러지게 많이 만날 수 있는 것은 전위 예술가들이다.

"쌀쌀한 날씨에 거리에서 용변 보신다고 수고 많으십니다."

한국말이라 그런가? 무시하는데. 그럼 그 옆.

"쌀쌀한 날씨에 웃옷 벗고 있느라 추워 보이네요. 치마가 긴 것 같은데 위에 좀 어떻게 끌어올려 드릴까요?"

묵묵부답. 옆의 외국인 관광객이 여봐란듯이 전위 예술가들의 앞에 동전을 하나 던져 줬다.

나무 모양의 예술가의 손에서 구슬이 하나 나오더니 어깨를 지나 등, 반대편 손으로 쪼르르 굴러간다. 막 떨어지려는 찰라 놀란 관객 눈을 희롱하듯 손목이 유연하게 꺾이더니 사뿐히 구슬을 들고 머리 위로 한 바퀴 돌려서 다시 멈췄다.

오, 예술 자판기 같아. 프로라는 것이지? 짤랑.

잠깐 움직이더니 멈췄다. 그의 동공이 확장되는 걸 보면서 방금 내가 던진 돈이 오백 원이라는 걸 깨달음과 동시에 거리를 좀 두었다. 이 실수 자주 하네. 좌변기 아저씨에게는 확인 후 정확히 유로를 넣었다. 시크 한 좌변기 아저씨는 1유로에 모자를 한 번 들었다 놓는 간단한 동작

만 보였다. 음. 뭐, 비싸군.

워낙에 특이한 사람이 많아서 그런지 나도 신분에 봉인된 인격을 드러내게 되어 점점 대담해졌다.

천사 복장을 한 예술가다.

"셀라비치노 카를로스 빠샤디옹!"

알 수 없는 내 언어에 천사가 뒤돌아봤다.

"오오, 너 스페인어도 할 줄 아는 거야?"

응. 너 낡는 언어야. 아마 스페인어뿐 아니라, 알파벳을 쓰는 그 어떤 국가의 언어를 10%만 이해했다 하더라도 명사만의 조합으로 이루어진 것 같은 저 문장의 취약점이 지적되었겠지.

그러나 순진한 묵이 나를 바라보는 눈빛은 존경의 눈빛을 띠었다. 너 모나코에서부터 내 외국어 실력을 인정했구나? 천사가 나를 바라보는 눈빛은 멀리하고픈 감정이 그렁그렁하다.

"뭐야, 뭐라고 한 건데?"

"음… 전위 예술에 수고가 많으십니다. 천사님."

"오오, 천사가 스페인어로 뭔데?"

"카를로스."

"아아, 그렇구나! 어쩐지 그런 이름이 많더라."

아마 옆에서 지나가던 동기들이 키득거리지만 않았어도 묵은 오늘 배운 스페인어, 카를로스가 천사라고 한껏 어깨에 힘을 주며 동기들에게 이야기했을 것이고, 난 이 거리에서 코브라 트위스트를 당하지 않았을 테지.

바르셀로나의 거리는 전위 예술가들과, 가끔 나같이 주변인들이 전위 행위로 보고 즐길 만한 행동을 하는 사람들로 가득했다. 정신없는 이 세상. 이 거리는 오랜만에 맛보는 달콤함이었고, 그에 적합하게 매혹적이었다.

바르셀로나 중앙 거리를 쭉 따라 올라가다 보면 큰 나무와 함께 4차선 도로가 나타난다. 버스 정류장에는 버스 투어 서비스도 있다. 그 지붕 없는 이층 버스 말이다. 스페인은 버스 투어도 잘 발달되어 있어서, 예컨대 버스표를 한 장 사고, 잉 3만 원? 비싸다, 탑승 후 설치된 이어폰을 연결하면 각 정차 지역에 관한 소개를 영어, 독일어, 중국어 등으로 통역해서 들을 수 있다. 물론 원래는 스페인어다.

그나마 들을 수 있는 것은 영어뿐이군. 언어 선택이 좀 까다로운걸. 한 군데씩 정차하는데, 이때 내린 곳에서는 제휴된 가게가 할인 혜택 등을 제공한다. 대표적인 것이 버거킹 할인이다.

나는 햄버거를 잘 안 먹어서 모르지만, 두의 설명에 따르면 유럽 쪽의

버거킹이 한국의 체인에 비해 버거가 크고 고기 패티가 두껍단다. 응,
많이 먹자. 옆구리가 더 커졌어, 너.

내리고 오르고, 관광객 천지다.

"아따, 정신없다, 정신없어."

"그러게, 정신 없구마이."

"귀관은 왜 갑자기 사투리를 사용하는 거여."

"고향 생각이 간절해서 그랴."

"당신 고향이 안동 아니여?"

"그러지, 아 거기 경상도구나."

"경상도를 스페인어로 경상 스비라치오라고 하지."

"오오, 그래? 그것참 아까 같은 사기의 냄새가 나는데."

역시, 내가 너의 눈칫밥을 키워 주고 있다니깐.

"도, 도를 그렇게 발음하는 거야. 시, 군 뭐 이런 거."

"적어 뒀다가 욱이한테 물어봐야지."

큭큭, 걸려들었군. 이제 욱이만 섭외하면 넌 문화적 생매장이야. 욱이

는 스페인어를 전공하는 해사 신문지, 학보사의 내 절친. 언어 왜곡에 대해서는 내게 든든한 조언자가 있다는 말씀이지. 이런 대화를 하면서 투어하다 보면 온갖 특이한 건물들을 지나친다. 그 유명한 가우디의 작품이라고. 곡선 건축의 예술가. 사그라다 파밀리아 성당, 카사 밀라 등이 있지. 어? 저것은?

"카사딜라닷!"

"그건 먹는 거 아니냐?"

재빠른 정정.

"카사 밀라닷!"

길을 가다 보이는, 유독 화려한 색채나, 비상식적이게 곡선이 많은 건축물은 모두 가우디의 작품이다. 그래서 가우디 투어라는 것도 있다고. 살아생전 별종이라고 손가락질을 당하기도 했다지만 지금은 스페인의 관광 자원으로 크게 이바지하는 것을 보면 별종이 인물이 될 가능성이 참 커.

모든 거리와 현장이 보기는 좋지만, 설명은 참 안 들린다. 한국어 통역도 나오면 좋을 텐데.

"아, 영어 오래 안 했더니 하나도 이해 안 돼. 설명이 하나도 안 들려."

"그러게. 스페인 발음이라 그런가?"

잠시 후, 숫자 다이얼로 통역 버전을 변경해야 하는데 나란히 앉은 우리는 우리 자리에 앉았던 전 손님들이 설정한 독일어 채널로 설명을 듣고 있었다는 것을 깨달았다. 나는 녀석도 틀림없이 같은 실수를 하고 있을 거란 생각에 미쳤다. 앗, 녀석도 눈치를 챈 듯했다.

음, 지금 채널에 손을 댄다면 내 실수를 인정하는 것과 같아. 녀석도 나와 같은 생각일 테다. 이렇게 된다면 자연스럽게 더 큰 화제를 만들어 상황을 반전시키는 수뿐. '일단은 녀석의 시선을 돌리는 게 급선무. 채널의 변경은 그 다음이다.'라고 판단한 나는 놈의 이어폰을 뽑아 '이까짓 들리지도 않는 쓰레기팅이는 갖다 버려!'라고 외치며 밖으로 이어폰을 던져 버렸고 목이 졸리는 틈을 이용해서 내 자리를 영어 채널로 바꿔 버렸다. 녀석, 선수는 뺏겼지만 난 영원히 널 놀릴 수 있는 거리를 만들었다.

"이 독일어 채널로 설명을 들은 모지란 녀석! 내가 실시간으로 통역해 주마!"

녀석의 눈빛에 당혹한 기색이 역력했다. 넌 백 년 놀림감이야.

그런데 역시랄까, 녀석은 나와의 대련을 통해서 성장해 있었다. 내가 한 소절을 듣기도 전에 내 이어폰을 뽑아서 던지려 시도했고, 무식한 두 짐승의 힘에 눌려 이어폰은 이미 유명을 달리했다. 그리곤 서로를 밖으로 던져 버리기 위한 대결은 약 10분간 계속되었고, 주변의 외국인 관광객들에게 많은 응원과 격려를 받았다.

내 승리를 응원해 주셨던 포리너께 이 자리를 빌려 심심한 감사의 뜻을 전달한다. 셀 로 아그라데스코!

바르셀로나에서
미국 볼티모어까지 항해

유럽에서 미국으로 가는 항해는 거리는 길지만, 망망대해라 조함은 단조롭다. 그간의 기항국을 조사한 보고서를 쓰고, 군사 교육을 받는다. 학교를 배로 옮겨 온 기분이다. 좁은 환경에만 있다 보니 체력이 내려갈까 걱정된다. 하지만 할 수 있는 운동은 맨손 체조 정도로 국한된다. 그래서 수업이 끝나면 팔굽혀펴기와 스쿼트 등을 엄청나게 했다. 육상 운동보다 피로가 배로 쌓인다. 피곤해! 당직을 마치고 침대에만 누우면 곧바로 의식이 날아가 버린다.

"이 옥포탕 의식은 말 그대로 '의식'이다. 귀관들이 사회에서 멋 부리고, 맛난 것만 먹던 썩어 빠진 물질 만능주의를 씻어내고 명예를 최우선으로 하는 군인이 되는, 즉 민간인에서 군인으로 신분을 전환하는 거룩한 의식인 것이다!"

휘이이이잉.

으휴, 정말 춥다. 오늘은 유난히 더 춥다. 8명의 소대장은 또 어떤 작당을 했는지 이 한밤중에 연병장에서 바다로 이어지는 경계면에 총원을 모아 두고 연설을 한다. 뭘 해도 좋으니 잠만 자게 해 줘.

256

"총원, 앞으로 5보, 앞으로 5보 갓!"

"하나, 둘, 셋, 넷, 다섯!"

착! 통일된 발걸음 소리.

160명 동기생 총원은 한 발자국의 차이도 없이 정확하게 맞아 떨어진다. 음음. 이제는 딴생각을 해도 딱딱 맞는군.

옥포만의 바다가 가까워졌다. 바다에서 건너오는 칼바람은 세 겹으로 둘러싼 군복을 깊숙이 파고든다. 얼음으로 만든 송곳 수천 개로 몸 군데군데를 찌른다면 이런 기분일까.

바다를 향해 5보를 걷고 나니 선두의 군화는 밀려오는 파도에 닿는다. 찰랑찰랑.

"앞으로 10보, 앞으로 10보 갓!"

휘이이이이잉.

꾸물꾸물.

160명의 동기생의 발걸음은 아까의 절도 있는 모습과는 다르게 보폭이 확 작아졌다. 하긴 죽으라는 말과 크게 다르지 않군.

소대장이 혼잣말로 '하필 오늘이 40년 만의 강추위야.'라고 꿍얼거리는 소리만 안 들었어도 좀 덜했을 텐데.

"이것들이 뭐가 추워! 엉? 무엇이 두려운가!"

첨벙 첨벙.

소대장은 추위 따위는 모른다는 듯이 밀려오는 파도를 혼자서 가르며 바다로 들어간다. 소대장의 군화가 바다로 들어가며 흰 거품을 내뿜는다. 그리고는 금방 바지 밑단이, 무릎까지 들어가 버린다. 소대장은 멈추

지 않는다. 이윽고 허리가 완전히 바다에 잠겨 버렸다. 저것이 가오가 정
신을 지배하는 것인가. 물에 잠긴 채로 명령한다.

"총원, 앞으로 무찔러 갓!"

"으아아아아…!"

다들 고함과 함께 앞으로 달려간다. 역시, 부하를 움직이는 것은 군
기도 사기도 아니다. 신뢰와 솔선수범이라니깐.

첨벙 첨벙 첨벙!

펄떡이는 물고기 같다. 시간이 멈춘 듯하다. 주변이 너무 빨리 움직여
서 나의 시간만 멈추어 버린 것 같다. 온 세상은 모두 할딱이는 물고기
들. 생생한 숨소리가 귀 옆까지 씩씩거린다. 나도 마음껏 펄떡이고 싶다
는 생각이 든다.

"에라이!"

첨벙 첨벙.

우와! 이거, 장난 아닌데?

"훈, 추워?"

"예! 신입생 대대 2중대 8소대 훈 생도! 아닙니다!"

"패기 좋다! 잠수!"

하핫. 잠수. 좋다. 죽어 보지 뭐. 와우! 근데, 진짜 짜·릿·하·다!

풍덩! ㅇㅇㅇㅇㅇ….

"푸학!"

머리가… 아주… 아프다!

"우와와! 우와!"

왠지 모르겠지만, 신… 난다. 이거 장난 아닌데?

"근데, 저건, 왜 저래?"

소대장의 몸이 둥실 떠오른다. 제대로 말하자면 특히 가슴!

"저…건!"

그동안 탄탄한 흉근이라 생각했던 가슴이 물에 떠오른다.

그것 봐, 내가 뽕이라고 했잖아 저거. 안에다 뭘 집어넣은 건지 모르겠지만. 이지, 우, 민! 다들 저거 봐! 소대장을 보라구!

그러나 동기생들은 짐승같이 소리만 지르고 있었다. 아비규환이 따로 없어! 앗, 저거, 저거 슈트다. 스쿠버 슈트!

"우워! 우워워!"

젠장, 내가 저걸… 빨리… 얘기를…! 다들 저게 안보이냐!

"우워워워!"

어? 내 발음이 왜 이래.

"뭐야! 훈! 그렇게 춥나! 그것도 못 참아!"

미치겠다. 말이 안 나온다. 입은 빳빳하게 굳어 버리고 말하려고 하면 괴성이 된다. 추운 건 둘째 치고 속이 답답해 죽겠다!

"으우워워!!!"

"뭐라는 거야! 잠수!"

"우워워… 꼬르륵…"

소대장이 머리를 잡고 바다 깊이 눌러 버린다.

너, 내 입만 녹으면 그 가짜 갑빠 파헤쳐 주겠어.

날씨가 추워져서 그런지 옥포탕 때 꿈을 꿨다. 벌써 4년이 다 되어 가네. 순항 훈련도 막바지가 다가오고, 그러면 곧 졸업이다. 다음 기항국은 미국이다.

미국,

볼티모어

볼티모어, 워싱턴 DC, 뉴욕, 할리우드, 국가가 국민의 자부심인 나라

사실상 역사적으로 최고의 강대국이라는 미국.

작은 도시 볼티모어에서부터 탐방을 시작했다. 날씨도 춥고, 졸업이
다가오니 기분이 가라앉는다. 목적지 없이 걷는다. 어떤 할아버지가 나
를 부른다.

자신을 존이라고 소개한 할아버지는, 세계 평화를 위해서 싸워 주는

동맹국 한국을 환영한다고 말씀하시며 같이 식사나 하자고 하셨다. 좋지, 먹으면 기운이 나지.

함께 따라간 곳은 영화에서나 보던 바 형식의 식당인데, 마주 보고 앉으면 요리사분이 프라이팬에서 계란 요리나 팬케이크를 구워 준다. 식사와 커피까지 대접받는 내내 할아버지는 한국에서 생각하는 미국은 어떤지, 군은 어떤지 물으셨지만, 나의 답답한 회화 능력에 잘못 잡았다는 걸 깨달으신 듯했다. 할아버지, 우리나라에서는 미국인들 만나면 영어로 상대하거든요?

존 할아버지와 헤어지고도 연신 만나는 사람들마다 "I am proud of you.", "Very welcome."들의 말을 거의 삼십 분에 한 번꼴로 들을 수 있었다. 모든 국민이 국가와 군을 신뢰하고 그것이 동맹국에 대한 존중으로까지 이어진다는 것이 느껴진다.

우리나라 사람들은 미군들에게 이렇게 할까? 고작 6개월 보내는 것도 답답한데 몇 년 동안 파병을 나와 있는 미군들에게, 6·25 때 모르는 나라를 위해 희생한 그들에게 한 번쯤 마주치면 고맙다는 말을 해 줘야지.

사실 말이야 바른말이지, 주한 미군이 없으면 우리나라가 이렇게 안심하고 있을 수 있을까. 전시 작전 통제권이야 반드시 우리가 자주적으로 가져와야 할 문제이기는 하지만, 주한 미군은 다른 문제라 생각해. 북한은 전방에 배치한 재래식 무기가 어마어마한데, 갑자기 선제공격에 총공격을 감행한다고 하면 과연 피해를 얼마나 최소화할 수 있을까. 서울부터 남하했다가 진짜 빨리 대응해서 반만 파괴되고 반격해서 이긴다

해도 그게 이겼다고 할 수 있을까. 북한이 실질적으로 기습 남침을 못하게 하는 중요한 요소가 그야말로 주한 미군의 존재 아닌가. 파병 온 미군과 그 가족 입장에서는 인질 같은 느낌일지도.

그러고 보니, 우리나라에 주한 미군이 철수한 적이 한 번 있었지. 1949년 5월. 놀랍게도 딱 1년 후인 1950년 6월, 그 끔찍한 6·25 전쟁이 북한의 기습 남침과 함께 발발했지. 그래서 동맹의 표시와 실질적인 존중의 의미로 주한 미군과 우리나라 국민이 잘 지냈으면 좋겠다. 우리 군은 미국에서 이렇게 대접받는걸.

하여튼 미국은 군인에 대한 존중이 국가적으로 대단한 것이, 어떤 시설을 이용하든지 무료이거나 할인이 대단하다. 엠파이어스테이트 빌딩을 보러 갔는데, 줄이 참 길다. 뒤에서 서성거리자 안내원이 내 정복을 보고 오더니 말했다.

"You do not have to wait."

따라가 VIP 엘리베이터를 타니, 뉴욕의 야경을 한눈에 볼 수 있었다. 이때만큼 우리의 정복이 자랑스러울 때가 없었다. 사실 미국 사회를 기준으로 볼 때, 미군의 월급이 고소득이라고 하기에는 무리가 있다. 그럼에도 불구하고 그들이 군인이라는 자긍심이 굉장히 높은 이유는, 이런 전반적인 존중의 문화가 정착되어 있기 때문이 아닐까? 어떤 사람들은 돈만 많이 주면, 한국에서도 군이 존중받을 것이라고 하는데, 글쎄, 반은 맞을지도.

볼티모어에서 하와이까지
항해와 짧은 관광

해군사관학교 뒤에 자리 잡고 있는, 그리 높지는 않지만 낮지도 않게 넓게 펼쳐진 뒷산의 이름은 망해봉이다.

이름 참. 백제 의자왕이 유흥을 즐기기 위해서 만든 정자의 이름이 망해정이고, 곧 백제가 실제로 망했다는 것을 아는지 모르겠다. 어감도 중요한데 말이야.

얼어붙을 것 같은 토요일 아침에는 5시에 일어나서 그 망해봉을 오르는 과업이 항상 정해져 있다. 4년 동안. 제길, 망했다.

"훈!"

"예! 신입생 대대 2중대 8소대 훈 생도!"

"춥나? 혼자서 뭘 멍하니 있어!"

그럼 안 춥겠니. 콧물이 훌쩍 나온다.

"예! 신입생 대대 2중대 8소대 훈 생도! 아닙니다!"

가입교가 3주째 되니 왠지 소대장과도 살짝 친분이 쌓인 것 같다. 춥다고 걱정도 해 주고. 처음에의 그 더러운 느낌이 훨씬 줄어들었어. '여기서 친해지면 생도 생활이 좀 나으려나?'라는 생각과 함께 화사한 미소를 소대장에게 비쳤다.

"미쳤군?"

쓰레기 같은 놈.

어쨌든 간에 매주 보는 망해봉이지만 언제나 달갑지 않은 곳이다. 신기한 점은 익숙해지지 않는다는 것. 오를 때마다 높아만 지는 산자락. 따라서 함께 헐떡이는 나의 숨.

"훈!"

"예! 신입생 대대 2중대 8소대 훈 생도!"

"망해봉이 점점 자라는 것을 알고 있나?"

"예! 신입생 대대 2중대 8소대 훈 생도! 잘 모르겠습니다!"

"생도가 되고 나면 매년 망해봉이 높아지는 것을 느낄 수 있지. 내가 지금 하는 말은, 네가 생도가 되고 나면 알 수 있을 것이다."

그게 무슨 소리야. 어쨌거나 추워서 벌벌 떨리던 몸이 슬슬 예열되어 간다. 허벅지가 땅기고, 땀방울이 맺히기 시작한다. 전투복에 점점 얼룩이 진다. 땀에 찌든 전투복에 칼바람이 닿을 때마다 몸이 소스라친다. 내가 체력이 안 좋은 것인지 많이 힘들다. 미스터리는, 망해봉 꼭대기까지 계단이 만들어져 있다는 것이다.

그러고 보니, 얼마 전 초빙 강연 때 어떤 선배님이 하신 말씀이 생각난다.

"우리 기수가 망해봉에 돌을 다 박았지."

어허, 오시는 분마다 본인 기수에서 했다고 하시는군요.

"요즘도 망해봉이 자라나?"

그때부터 망해봉이 자란 것인가. 30년 정도 선배이셨던 것 같은데. 내

려오면서 망해봉의 계단을 보니 씁쓸한 생각이 들었다.

30년간 같은 계단으로 유지되었는데 망해봉이 자란다는 것은 논리적이지 않지. 즉, 생도가 되어도 망해봉을 쉽게 오를 체력이 안 된다는 이야기다. 심지어 학년이 오를수록 망해봉 오르기도 힘들어진다는 얘기로군 실망인데…. 나는 열심히 단련해서 학년이 오를수록 낮아지는 망해봉을 만들겠어.

생도가 되고, 학년이 오를수록 망해봉을 오르는 속도가 빨라진다는 것은 입교하고서야 알았지. 심지어 명예 중대 경기에는 망해봉 무장 구보가 정식 종목으로 들어 있지. 상상하는 거 맞다, 무장을 멘 채로 산을 뛰어서 정상에 오르기까지 시간을 기록하는 것이다.

며칠을 항해해서 도착한 하와이는 그야말로 풍족하고, 아름다운 관광지였다. 위치가 북태평양의 한가운데라 해군 시설과 공군 시설의 지리적 요건이 뛰어난 것이 특징이다. 우리나라에 제주도, 독도, 마라도도 저러한 느낌으로 발전된다면 그야말로 주변 세력 경계 및 해양 진출에 큰 도움이 될 텐데.

하와이에서
일본까지 항해

진해를 한 번이라도 방문해 본 사람들이라면, 해군사관학교의 정문과 충무공 로터리, '해병혼'이라는 글자가 바위로 이루어져 있는 천자봉이라는 산, 이 세 가지를 보게 된다.

실제로 진해의 관광지 중 으뜸이라는 천자봉은 진해시에는 군항으로서의 자부심과 관광객에 의한 수익을, 관광객에게는 진해의 역사와 우리나라 해군 해병대의 역사와 전통에 대해 상기해 보는 기회를, 해군사관생도에게는 한숨을 선사한다. 천자봉을 올라 역대 해사 선배들의 혼을 느낀다는 것이 가입교의 마지막 행사이기 때문이다. 해군사관학교 교가도 천자봉으로 시작하는데, 생각해 보면 초·중·고등학교 모든 교가에는 뭔가 산이 등장했던 것 같군. 보통 그 기상이나 정기를 이어받자고 하지.

하여튼, 천자봉 행군이 계획된 오늘 아침은 소대장부터 바삐 움직였다.

"뭐야, 환자, 환자 있어? 없겠지. 없는 거로 하겠다."

"귀관 못 뛰겠어? 그런 게 어디 있어. 뛰어! 지금까지 중에 제일 쉬워. 그래. 발꿈치가 까졌다고? 청테이프 발라."

허둥지둥 뛰어다니는 소대장의 지휘 부담을 덜기 위해서 우리 동기들은 그냥 조금 문제가 있더라도 뛰기로 했다. 거리상으로 보나 무엇으로 보나, 망해봉 오르기만 못할 것 같았기 때문이다. 숨 쉴 때 호명만 안 시키고 가기 전에 기합만 덜 주면 무엇이든 가능하지.

"야, 제일 쉽다더라, 진짜."

입교 전부터 해사의 모든 정보를 모아 온 우가 말했다.

"어렵더라도 오늘은 뛰어야지. 낼 모레면 입교식인데 쪽팔리잖아."

"걱정하지 마, 워워, 제일 쉽대, 암."

"그래, 행군이야 밥만 먹여 주면 하루 종일이라도 하겠다."

"그러게, 뛰는 게 빡시지 걷는 거야 그냥 등산이잖아."

삐빅. 호루라기 소리. 분주하게 움직이던 소대장은 준비가 끝났는지 모두를 집합시키고 연설을 시작했다.

"귀관들 그동안 수고 많았다! 오늘은 귀관들의 그동안 훈련 결과를 모든 진해 시민들에게 뽐내고, 해군사관학교의 정기가 서린 천자봉에서 그 기운을 한껏 마시고 오는 날이다."

침묵.

그동안 얼마나 힘들었던가. 가난한 가정 형편 때문에 미술 공부를 그만두었던 기억, 무료로 학위를 준다는 말에 무작정 해사에 지원했던 기억, 합격에 기뻐하던 기억. 처음으로 전투복을 입고 뛰던 기억, 배가 고파 휴지통에서 건빵을 훔쳐 먹던 기억, 매일 새벽 라운지 바닥에 붙어서 동기생들과 땀을 흘리면서 깨지던 기억…. 이런 기억의 파편들이 하나하나씩 합쳐져 가슴에 흐르기 시작했다.

"내일 모래면 귀관들은 입교식을 하게 된다. 오늘 뛰고 준비해서 부모님을 맞이하도록 하자. 1오부터, 뛰어가!"

입교식을 하면 부모님이 면회 오실 수 있다. 물론 외출 외박은 안 된다. 그런데 뭐… 뛰어가?

"빨리 뛰어가란 말이야!"

소대장의 외침과 함께 달리는 속도가 빨라졌다. 말이 천자봉 행군이라더니 달리는 거였군? 설마 산까지 뛰나? 저기 로터리까지만 뛰는 거겠지? 누구 물어볼 사람 없나? 오, 마침 보급관이 지나가는군.

"신입생 대대 2중대 8소대 훈 생도! 질문 있습니다."

"뭐야?"

"천자봉 행군인데 어디까지 뛰어가는 것입니까?"

"천자봉까지는 뛰어야지."

헐.

"뭐 할 말 있어?"

할 말은 많지만 안 한다, 내가. 한숨.

"이 자식이… 호명!"

"예! 신입생 대대 2중대 8소대 훈 생도!"

호명은 한 시간이 넘도록 계속되었다. 그런데 이상하다. 한 시간을 소리를 지르면서 달렸는데 힘든 줄을 모르겠다. 아마도 한 달 만에 보는 사회 풍경이 피로를 잊도록 하기 때문이리라. 이제 곧 정식으로 사관생도가 된다는 기분과 함께.

천자봉에 도착하고 어떻게 올랐는지는 정확히 기억이 나지 않는다. 다만 생각보다 힘들지 않았다는 것, 오르다가 보급관이 내민 초코바가 입에서 살살 녹았다는 것, 마지막이라는 생각에 소대장에게 방실거리다가 내려오는 내내 총을 머리 위에 들고 내려왔다는 것은 생생하다. 좋게 끝나는 법이 없어.

일본

가깝고도 먼 나라

　일본은 전쟁 범죄 국가임에도 불구하고, 세계 4위의 해군력을 보유하고 있다. 아니, 전범국은 군대를 보유하지 못하기 때문에 해군력이 아니라 해상 자위대력이라고 하는 것이 더 맞으려나. 어쨌든 전범 규제를 통해서 안보 세력에 대한 제재가 가해지자, 일본은 그 돌파구를 해상 자위대에 두었다.

　해군의 특징은 적은 병력으로 거대한 세력의 무기 체계 운용이 가능하다는 것이다. 보병이나 1인 1기체가 기본인 육군과 공군에 비교하면 이는 자명하고, 특히나 전투함의 자동 제어 시스템화를 열심히 추진하고 있다.

　게다가 섬나라라는 특성상, 해군은 안보의 핵심이다. 우리나라도 마찬가지지만. 이는 미국 해군의 동아시아에서의 부족한 점을 채워 줌은 물론이고 협동전 시에 강력한 도움이 될 것임을 누구나 알 수 있다. 그래서 해군력 증대를 미국도 어느 정도 용인해 주는 것이라 한다.

　다만 불쾌한 것은 아직도 해군기로 전범기를 사용하는 것이다. 유럽에서 하켄 크로이츠를 사용하면 엄청난 난리가 나는데, 똑같은 전범기를 일본에서 쓰면 왜 이렇게 관대한지 모르겠다. 잊었나? 외세에 대한 경계를 게을리하고, 군인에 대한 존중이 낮아지고, 해군력이 약해지고, 국가 내에 편 가르기가 계속되고 그로 인해 갈라진 세력이 발전 없이 발목만 잡고, 빈부 격차가 심화되는 것. 이것이 임진왜란 직전의 조선이었다. 조선을 기억하고 전쟁을 기억하는 것이 다시는 같은 일을 겪지 않는 유일한 방법이 아닐까. 일본에서의 짧은 밤이 지나고, 순항 훈련 함대의 출발지이자, 최종 목적지인 진해에 도착한다.

대한민국

진해

이야기의 마지막,
2007년 순항 훈련 함대의 목적지

가입교 후 한 달의 시간이 흐르고 입교식 연습을 한다. 어제는 2학년 선배들과 함께 장후대에서 생도사 건물로 이사했다.

아침에 한 번의 예행연습을 한 뒤에 입교식 행사를 시작했다. 딱딱한 군대식의 표현으로 이루어진 행사 안내 멘트가, 태어나서 처음 입어 보는 해군 제복만큼 빡빡하고 불편했다. 검은 제복에 흰 장갑을 낀 내 모습이 미키마우스 같다는 생각이 들었다. 사열대의 사람들이 초등학교 사생 대회에 사람들이 모여 있는 모습 같다.

"훈아, 쟤 엄청 잘 그리더라. 미술 학원에서 배운다던데."

같이 온 친구 녀석이 무슨 의도에서인지 말을 전한다. 힐끗 보니 나무에 명암을 넣는 모습이 초등학생답지 않다.

학원에서 제대로 배운 모습이다. 과연 이제는 저학년이 아닌, 곧 중학교로 진학할 6학년의 사생 대회였다.

이전까지와는 조금 다르다. 기교가 사용되어야 하는 것이다. 느낌대로 하는 게 아니라 학원을 등록하고, 제대로 배워야 한다. 상대의 칠해지는 그림을 흘끗흘끗 보며 확신했다. 학원을 못 다니면 이거 곧 접어야

겠네.

가입교생 대표인 봉이 외친다.

"선서!"

"선서!"

멍하니 있는 사이 가입교 선서문 낭독 시간이다. 녀석은 카랑카랑한 목소리로 선서문을 외쳤다.

"나는 자랑스러운 해군사관생도로서⋯."

중학교 교복은 참 별로였다. 흰 셔츠에 회색 재킷.

1학년 때 몇 장 그리던 아그리파도, 수채화도 더 이상은 그리지 않는다. 이젤을 펼쳐 본 것이 언제인지도 모른다. 치킨 체인점 스쿠터에 올라타 밤바람을 가르며 한숨을 뱉어내는 시간과 함께 이도 저도 없이 고등학생이 되었다.

엑, 여기는 더 하군. 일제 강점기의 차이나 칼라.

가입교가 끝난 우리 신입생 대대의 선서 후 2학년부터 4학년 생도들은 명예 중대 선발식을 했다. 명예 중대는, 8개 중대끼리 각종 경기와 성적을 겨루어서 가장 우수한 중대가 받을 수 있는 포상이라고 한다. 여러 가지 특전들이 있다 하는군.

그러는 사이, 신입생 대대는 사열대 옆으로 이동하여 분열 준비를 한다. 신입생 대표의 목소리가 다시 한 번 울려 퍼진다.

"중대! 앞으로!"

발 앞의 작은 콩알을 차듯이 앞발을 쭉 뻗는다.

"갓!"

고등학교 1학년이 끝나고 담임 선생님이 바뀌었다. 재미있는 분이지만, 또 상당히 깐깐했다. 미대 지망생이든 무엇이든 상관없이 야간 자율 학습에 참여해야 한단다. 그동안 그림은 그리지 않았지만, 미대 핑계로 빠졌는데. 그렇게 내 생애 처음으로 야자를 하던 어느 날이었다.
똑똑똑.

처음 보는 복장, 누구지?

"선생님, 안녕하십니까."

"어? 어어. 어서 와라. 야, 신수가 훤하네."

그 말 그대로 검은 제복에 금빛 단추를 단 신수가 훤한 사내가 들어왔다.

"그래, 너도 바쁘니 바로 시작해라."

"예에…, 이 반이 2학년 전부면 여기서 바로 하겠습니다."

사내는 목을 좀 가다듬은 뒤에 이야기를 시작했다.

"안녕하십니까. 본인은 해군사관학교 4학년 생도입니다."

그는 마치 선생님같이 교탁에 서서 이야기했다. 나는 제일 첫 자리에 앉아서 그를 올려봤다. 지기 시작한 겨울 태양이 시뻘겋게 타올랐다. 간단히 설명을 끝내고 그는 말했다.

"질문 없습니까?"

나는 그의 이야기 중에 가장 놀라웠던 것을 질문했다.

"거기 들어가면 진짜 공짭니까?"

착착착착.

세상에서 가장 패기 있는 자세와 오만한 표정으로 걷는다. 오늘이야말로 해군사관학교에 정식으로 입교하는 날이다.

수많은 사람들. 모두들 가족들인지 이쪽으로 찾아온 사람을 부르는 것이 들린다. 나는 가장 멋있게 걷기 위해 노력했다. 어머니, 아버지! 보이세요? 왜 다른 애 보고 있어 그거 나 아냐.

착착착착.

평소라면 피하던 교무실이지만 오늘은 내가 직접 찾아갔다.

"선생님, 진로 상담 좀 하려고…."

친절하시던 담임 선생님인 성 선생님은 기꺼이 나를 반겨 주었다. '음, 네가 어쩐 일이냐?'라는 표정.

"해군사관학교에 가고 싶습니다."

선생님은 힐끗힐끗 자료를 찾아보시다 말씀하셨다.

"솔직히, 무리다."

"…"

"곧 3학년인데, 지금부터는 성적 유지가 대부분이거든."

"어떻게 하면 안 되겠습니까?"

"니는 내신도 안 되고…, 점수를 150점은 더 높여야 하는데…."

"···"

"400점 만점에 150점 높이는 거 솔직히··· 사실 없지."

"뭐 특별 전형이나 이런 거 없습니까?"

"다른 데도 괜찮은 데 많으니까 더 궁금하면 찾아오고."

"···고맙습니다."

원망한 적은 없다. 현실이 그랬으니까. 그때부터는 추억도 무엇도 없었다. 나는 제대로 된 직업이 필요했다. 주변에서는 진학을 원했다. 하지만 등록금은 없었다. 암기하려니 눈이 아파 교과서를 읽고 녹음한 테이프를 귀에 꽂고 다녔다. 평생 처음으로 제대로 된 수학 학원을 등록했다.

"중대!"

가입교 대표의 힘찬 목소리. 경례의 시간.

사열대의 모두는 우리를 바라본다. 경례 연습할 때 소대장이 말했던 것이 생각난다.

'필승! 하지 말고, 필! 사아아아악! 하고 외쳐. 그동안 담긴 응어리를 다 뱉어내고, 사열대를 깜짝 놀라게 까무러치게 해 주라는 거야!'

사열대 귀빈들은 우리를, 우리는 서로를 본다. 열 맞춰야지.

그러고 보니 훈육관님은 말했지.

'필사! 뭐 이런 거 하지 말고 필! 승! 절도 있게 멋있게 해, 알았지? 그게 정식이야.'

소대장과 둘의 이야기가 다르다. 어쩌지?

"우로··· 봣!"

뭘 어째. 범죄 아니면 하고 싶은 대로 하는 거지. 오늘 같은 날은.

"필! 사아아아아아아악!"

"필승이라고 하라고!"

훈육관님의 혼잣말에 좀 미안하지만, 소리를 지르는 것 말고는 기쁠 때 어떻게 해야 하는지 모르겠는걸. 목이 터지라고 외치며 경례했다. 이 경례를 위해서 나는 20년간 살아왔군.

4년이 지난 오늘, 또 검은 정복에 금빛 단추를 빛내며 미키마우스같이 흰 장갑을 끼고, 옥포만을 등지고 서 있다.

아, 그렇군. 그 날이 이래서 계속 생각났군.

이제는 가입교가 아니고 졸업이고, 해군 임관이다. 조선 시대로 치자면 무과 급제 같은 건가.

필승. 해군의 경례 구호는 필승이다.

적과 정정당당하게 싸우는 것보다 이겨서 국민을 보호하는 것이 첫째이기 때문이라고 배웠다. 군인은 이기는 것이 직업이지 싸우는 것이 직업이 아니기 때문이다.

160명의 입교 선서, 4년이 흐른 후 138명의 졸업 선서.

졸업생 대표의 구호에 맞추어 다 같이 호명한다.

"이상 졸업생 대표, 해군 소위!"

"왈!왈!왈!"

138명이 다 같이 자기 이름을 외치면 왈왈왈 발음이 난다. 장난치다 보니 입에 익었다. 중간중간 키득거린다. 훈육관님은 '저놈들이 또'라는 표정이다.

앞발을 가볍게 차는 특별한 움직임을 선두로 모두 걸어간다. 보급받은 새 단화 소리가 일사불란하다. 276개의 다리. 오늘은 총이 아닌 졸업장을 들고 분열한다. 해군사관학교에서의 마지막 분열이자 마지막 경례.

"중대!"

"우로- 봣."

훈육관님은 이번에는 아니겠지 라는 표정으로 보았다.

"필! 사아아아아아아아아아악!"

약간 한숨을 쉬시는 것 같지만 홀가분해 보인다. 미안해요. 하지만 단순한 경례 목소리로는 이 감정이 안 실리는걸.

10년 전 오늘이다.

해서, 나와 내 동기들의 대부분은 10년간 해군 장교로 살아오고 있다.

횡. 옥포만의 밤바람이 여전히 차갑지만, 또 그만큼 멋있다. 나 같은 거 잘 데리고 뛰어 주어서 해군에 고맙고, 끝까지 읽어 주셔서 국민들께 감사합니다. 필승!

해군 장교의 유쾌한 세계 일주기

초판 1쇄 인쇄 2018년 04월 02일
초판 1쇄 발행 2018년 04월 10일

지은이 장상훈
펴낸이 김양수
표지 본문 디자인 곽세진   **교정교열** 박순옥

펴낸곳 도서출판 맑은샘   **출판등록** 제2012-000035
주소 (우 10387) 경기도 고양시 일산서구 중앙로 1456(주엽동) 서현프라자 604호
대표전화 031.906.5006   **팩스** 031.906.5079
이메일 okbook1234@naver.com   **홈페이지** www.booksam.kr

Copyright ⓒ 2018 by 장상훈 All Rights Reserved
표지 이미지 출처 : 대한민국 해군

ISBN 979-11-5778-274-1 (03810)

* 이 책의 국립중앙도서관 출판시도서목록은 서지정보유통지원시스템 홈페이지(http://seoji.
nl.go.kr)와 국가자료공동목록시스템(http://www.nl.go.kr/kolisnet)에서 이용하실 수 있습니다.
(CIP제어번호 : CIP2018010440)
* 이 책은 저작권법에 의해 보호를 받는 저작물이므로 무단전재와 무단복제를 금지하며, 이 책
내용의 전부 또는 일부를 이용하려면 반드시 저작권자와 도서출판 맑은샘의 서면동의를 받아
야 합니다.

* 파손된 책은 구입처에서 교환해 드립니다.   * 책값은 뒤표지에 있습니다.